Né un soir au hasard d'une route empruntée par une petite troupe de saltimbanques, ce fils de saltimbanque, enfant du voyage, sera attaché aux valeurs morales et altruistes.
Il sera un enfant émotif, sensible, courageux, généreux, et très humble, dans la facilité comme dans les difficultés.

Sa vie le conduira à la découverte de régions aux paysages enchanteurs, de monuments grandioses, en traversant une grande et belle page de l'histoire de France.

RAYMOND GUEGAN

L'ENFANT DU VOYAGE
tome 1

L'ENFANT du VOYAGE -

Il était né un soir en Pays d'Auvergne, au hasard d'une route empruntée par une petite troupe de saltimbanques vers une destination quelconque .

C'était l'automne, il faisait froid, presque nuit, quand soudainement la future maman ressentait les premiers signes de la naissance de son enfant arriver.

Le papa demandait alors l'hospitalité dès la première lueur d'une habitation croisée sur leur passage.

C'était de bien modestes paysans.

Lui, avait une voix grave, un air bourru dans ses moustaches sombres en « guidon de vélo », une pipe bien culottée entre les dents, un béret noir plus qu'usagé sur sa tête au visage fortement ridé.

Elle, un peu voûtée, un tablier rouge et bleu à carreaux sur son devant, les cheveux grisonnants, mais tous les deux, animés d'un coeur « gros comme ça ». Ils se mettaient sans attendre à leur disposition et leur offraient généreusement leur aide et tout le si peu qu'ils pouvaient avoir.

La vieille dame, qui était aussi une grand-mère très familière, faisait aussitôt chauffer dans sa grande marmite noire en fonte accrochée au-dessus du feu de cheminée, de l'eau fraîche qu'elle tirait de son puits.

Lui, conduisait le futur papa vers leur petite étable pour préparer sur un épais lit de paille, recouvert d'un drap blanc, la couche qui ce soir là, sera la salle d'accouchement éclairée par trois lampes tempête.

Le confort était plus que sommaire mais le couchage était propre et les animaux dégageaient une agréable et douce chaleur.

 Pendant ce temps les membres de la troupe, deux frères et une sœur, qui étaient des cousins, stationnaient dans un coin discret de la cour les deux roulottes qui constituaient leur logement, l'entrepôt et le transport de leur matériel, les deux chevaux percherons étaient mis à l'abri dans une écurie de la ferme.

La vieille dame apportait d'une main experte à la maman tous les soins qui se devaient avec une grande dextérité et l'évènement se terminait à la grande satisfaction de tous lorsqu'elle criait, « c'est un garçon ».

Pour cette raison l'enfant se plaisait toujours à dire, des années plus tard, qu'il était né comme l'enfant Jésus, sur un lit de paille, dans une étable où il y avait deux vaches, un bœuf, un âne et deux chèvres, mais les rois mages qui l'entouraient n'étaient autres que les membres de la troupe que conduisaient ses parents, et les bergers étaient ces braves paysans.

Aussitôt, la maman, c'était son premier enfant, demandait au vieux monsieur quel était son prénom ?

d'un air étonné dans son regard sourcilleux, il répondait de sa voix rauque, je m'appelle, Archibald.

Et vous madame, comment vous appelez-vous ? Moi c'est Marie, répondait-elle timidement de sa voix douce et délicate.

Alors la maman disait aussitôt, en reconnaissance à votre aide et pour vous rendre hommage, mon fils s'appellera « Archibald, Marie » !

Ces paysans se disaient très touchés par cette attention, remerciant et félicitant la maman qu'ils applaudissaient très vivement.

Le moment venu, chacun retournait en son logis, sauf le papa qui demeurait naturellement là, toute la nuit, près de sa femme et de son fils en ce lieu insolite.

Le lendemain la petite famille s'installait dans sa roulotte chauffée par le petit « mirus » à bois, en fonte bleue.

Ils prenaient ici quelques jours d'un repos, aussi utile que bienfaiteur.

Les cousins assuraient les tâches matinales, panser les chevaux, nourrir les perroquets et les deux chiens caniches qui travaillaient dans les spectacles. Il fallait aussi entretenir le matériel de scène, laver les roulottes pour être toujours d'une propreté irréprochable.

Ensuite, comme chaque jour, ils faisaient leurs séances de sport avant de reprendre les répétitions.

L'un des frères s'appelait « Lulu», c'était le jongleur plein de dextérité,

l'autre frère s'appelait Bébert», c'était le conteur, bonimenteur, l'artiste des tours de passe-passe, de grimaces et autres singeries,

la sœur s'appelait « Margot », c'était la dresseuse des perroquets et danseuse de flamenco.

La maman d'Archibald s'appelait « Yoyo », elle était la maîtresse des deux caniches qui réalisaient des numéros extraordinaires, l'un était noir, c'était « Black », l'autre était blanc, c'était « White »

Le papa s'appelait « Nono », il était un exceptionnel chanteur avec sa voix de ténor, entonnant à chaque fois de merveilleux airs d'opéras pour ouvrir les spectacles, qui de plus dirigeait la troupe et la mise en scène.

Chacun des artistes répétait seul dans son coin ou avec ses animaux pour lesquels ils avaient le plus grand soin.

Suite à ces activités matinales et quotidiennes, les cousins prospectaient à l'occasion dans les villages environnants afin de pouvoir trouver où se produire.

Après ces quelques jours passés à la ferme, ils décidaient de reprendre la route avec les roulottes, il fallait bien gagner de nouveau quelque argent.

Celle de Nono était peinte de jaune et de bleu, tirée par son cheval Athos, l'autre peinte de jaune et de vert, tirée par le cheval Porthos, avec écrit de chaque côté, « JONGLEUR ».

Mais avant de repartir, ils avaient tenus à réserver une surprise à leurs hôtes en installant leur matériel de scène pour leur présenter un beau spectacle de chants, de jonglerie, de singeries, de tours de passe-passe, de danses flamenco et de travail des animaux.

Archibald et Marie étaient ravis de cet honneur et de ce divertissement qu'ils n'avaient pas l'habitude de voir et qui leur était totalement dédié en se terminant par un petit verre de l'amitié.

Ainsi s'en allaient-ils le lendemain matin vers d'autres aventures, avec leur bébé « Archibald, Marie » et un inoubliable souvenir de grande générosité paysanne.

Quelques dizaines de kilomètres plus loin ils présentaient leur art de la rue et numéros humoristiques sous un marché couvert au centre d'un village.

A la fin de la représentation Yoyo passait avec le chapeau pour recevoir quelques oboles des spectateurs qui constituaient leurs seuls revenus.

Ils repartaient à nouveau vers d'autres destinations, et
il en sera ainsi jusqu'à Noël, date qui marquait la fin de leur tournée jusqu'à Pâques.

Avant de pratiquer d'autres activités pendant l'hiver, ils ne manquaient jamais d'animer la veillée de Noël là où ils étaient stationnés.

Ces gens étaient très pieux, s'en remettaient à Sainte Sarah, la Vierge Noire selon la tradition des gens du voyage, mais à Noël ils participaient toujours à la célébration de la messe de minuit car la magie de ce jour prenait chez eux tout son sens de la joie et du bonheur partagé.

Nono avec sa voix de ténor interprétait « a capella », de nombreux cantiques, le reste de la troupe assurant les choeurs avec une grande profondeur de sensibilité pour en faire une nuit merveilleuse.

Pendant ces mois de plein hiver, les hommes se faisaient vannier, rémouleurs, ramoneurs, ou encore livreurs de bois et charbon afin d'assurer les subsistances familiales, mais ils étaient toujours heureux et libres comme l'étaient leurs aïeux.

Un jour, alors qu'ils étaient stationnés dans une petite ville pour y travailler, des gendarmes les avaient contrôlés et constataient alors que la naissance de l'enfant n'avait pas été déclarée, le problème était qu'ils ne connaissaient pas le nom du lieu rencontré sur cette route de hasard.

Alors Archibald, Marie, était déclaré des semaines plus tard dans ce village où ils avaient trouvés une aire de stationnement, et quelques emplois saisonniers.

Il s'appelait Vic, mais personne ne savait ni le jour, ni dans quelle commune il était né précisément.

Cela leur était indifférent, leur Pays d'Auvergne étant le seul lieu qui leur importait par leur profond attachement à la région des aïeux.

Yoyo, la maman d'Archibald, était dresseuse de chiens mais aussi une excellente brodeuse, et donc l'hiver, ou les jours de relâche, elle faisait de nombreux travaux manuels de broderies, de napperons, de canevas, qu'elle proposait à la vente avec sa cousine Margot.

Margot était une commerçante hors pair qui chaque jour allait proposer les travaux de sa cousine, mais aussi de très jolies et uniques pièces de vannerie réalisées par Lulu, le jongleur, toujours plein de dextérité et de créativité.

Bébert, le conteur, bonimenteur et solide personnage, avait été embauché pour livrer du bois et du charbon chez un commerçant du village.
Avec ses qualités de « baratineur » il arrivait toujours à vendre beaucoup plus pour la plus grande satisfaction de son employeur qui alors le récompensait généreusement.
Nono, le papa d'Archibald, meneur de la troupe, était aussi rémouleur.
Il collectait un travail important d'affûtage d'outils en tous genres, de haches, de pioches, de couteaux, de ciseaux, et même ces rasoirs de l'époque que l'on appelaient des coupe-choux.
Il se faisait ramoneur au besoin, n'hésitant jamais à grimper au plus haut des toits avec ses échelles, équipé de ses cordes et de ses hérissons. Mais lui aussi savait charmer ses clients car tout en travaillant il ne savait pas s'arrêter de chanter ses airs célèbres d'opéras à ses clients amusés, mais toujours appréciés.
Chacun contribuait ainsi selon ses capacités aux revenus de la troupe.
Il leur arrivait parfois de réaliser une veillée « au coin du feu » dans un bistrot où se réunissaient une vingtaine de villageois dans une ambiance très conviviale avec les histoires de Bébert et les

chants de Nono, ce qui leur permettaient d'entretenir leur art du spectacle, le contact avec le public, et récolter quelques subsides.

Pendant ce temps, Archibald, joli bébé plein de vivacité, grandissait sous l'oeil attentif de sa mère qui chaque jour était comblée de bonheur avec son fils et la pensée profonde qu'elle avait sans cesse pour Marie et Monsieur Archibald.

Un mois plus tard la petite troupe s'en allait vers un autre lieu.
Progressivement elle quittait le Cantal pour se diriger vers le Puy de Dôme, ses pics enneigés, ses cascades gelées et ses forêts engourdies.
Il en sera ainsi toutes les quatre ou cinq semaines, jusqu'au printemps.

Ils repartiront alors pour un nouveau voyage au hasard des villes et villages d'Auvergne avant de rentrer puis encore attendre Pâques de l'année suivante pour aller vers une destination beaucoup plus lointaine que Nono et Yoyo avaient décidé, se rendre aux Saintes-Maries-de-la-Mer, afin de faire baptiser leur fils Archibald selon leur vœux, dans la tradition des Gens du Voyage.

Telle était leur mode de vie, leur vie de saltimbanques, de gens du voyage, de gens libres et heureux.

- LE GRAND DÉPART -

Le temps de Pâques arrivé, ils préparaient leurs attelages pour migrer par les routes et chemins sinueux vers d'autres destinations, d'autres rencontres, d'autres aventures et atteindre les Saintes-Maries.

Alors au rythme des pas de leurs chevaux qui faisaient, ploc, ploc, ploc, ploc sur les cailloux ou les rues mal pavées, la troupe s'en allait, comme en pèlerinage, vers la Haute-Loire.

Fidèles à leur habitude chacun pratiquait chaque jour ses entraînements, ses répétitions, et dès qu'il leur était possible, ils se produisaient en public sur une place de village.

Quand le temps ne leur permettait pas de faire de représentations, ils s'employaient à trouver quelques heures ou quelques jours de travail car l'inactivité n'était pas pour eux.

Margot allait toujours proposer ses broderies et autres équipements de vanneries. Ces saltimbanques étaient des jeunes gens courageux, volontaires, dynamiques, ne sachant vivre que du fruit de leur travail.

Les routes défilaient lentement, ils les appréciaient dans le décor des premiers jours du printemps.

Après la fonte des glaces saillantes et tranchantes comme des rasoirs, les cascades d'Auvergne reprenaient progressivement une vie avec leurs chutes de grande hauteur, les sommets aux paysages envoûtants perdaient la blancheur de leur enneigement, les premières fleurs faisaient leurs apparitions dans les herbes frêles de la montagne qui retrouvait peu à peu ses couleurs naturelles.

Les bergers retournaient dans leurs burons pour préparer le retour tant attendu des animaux qui de nouveau produiront le lait pour la fabrication de ces fromages goûteux et réputés.

Quelques semaines plus tard ils atteignaient les environs du célèbre village de « Puy-en-Velay ».

Yoyo et Nono faisaient de cette étape le point de départ de leur parcours pour des haltes improvisées, comme il en était pour d'autres sur les chemins vers St.Jacques de Compostelle

Tous deux étaient ravis et impatients de réaliser le voeu promis à leur fils.

Sans attendre ils se dirigeaient vers la Lozère, se produisant à de nombreuses reprises sur les places des magnifiques villages de cette région au riche patrimoine.

Ensuite la troupe entrait dans le Gard.
Ici il y avait déjà du beau temps, le travail était facile, les représentations multiples et fructueuses.
Arrivait le mois de Mai, celui où les Gitans fêtent Sainte-Sarah.
Eux aussi, mais à leur manière, car ils sont des gens du voyage, certes, mais ils sont des saltimbanques, ils ne sont pas des gitans, alors respect à eux.

Ils poursuivront leurs spectacles par ici, les villages sont accueillants et ils atteindront le mois suivant le département voisin pour atteindre le but de leur voyage.

Les Bouches du Rhône sont arrivées. A cet instant ils perçoivent tous une sensation extraordinaire à leur entrée dans ce département qui est à leurs yeux celui de la demeure de leur Sainte vénérée.
Ils filaient rapidement sans représentation, sans se préoccuper de la découverte des arènes d'Arles qu'ils croisaient, des manades, de la Camargue, des rizières qu'ils n'avaient jamais vues, des

flamants roses, etc., ils referont tout cela plus tard.

Ils faisaient seulement une ou deux haltes pour reposer les chevaux Athos et Porthos, impatients qu'ils étaient d'atteindre le but promis; le Sanctuaire des Saintes, l'église Notre-Dame-de-la-Mer, la « maison » de Sainte-Sarah, les Saintes-Maries-de-la-Mer.

C'était un jeudi, alors dès le dimanche, Archibald-Marie, recevait le baptême dans la crypte vouée à Sarah la noire tel qu'ils l'avaient souhaité, Margot était la marraine, Lulu, le parrain.

A la sortie de la cérémonie, fier et comblé de bonheur, Nono ne pouvait se retenir sur le parvis de l'église, d'entonner de sa voix puissante, un de ses cantiques préférés, présentant son fils Archibald à bout de bras aux gens du village.

Selon la tradition qui leur avait été enseignée, les parents, leur enfant dans les bras, accompagnés de Margot la marraine, Lulu le parrain et du cousin Bébert, se dirigeaient vers la plage et s'immergeaient quelques instants avec bonheur dans l'eau des Saintes-Maries.

Ils repartaient ensuite plein de joie et de foi à leur maison ambulante, marqués à tout jamais par la grandeur de la cérémonie et la satisfaction d'avoir réalisé pleinement leur vœu.

Le lendemain ils tenaient à remercier les Saintois de leur chaleureux accueil et la troupe présentait gracieusement un véritable spectacle sur la plage qui s'ouvrait ici dans son plus bel écrin de bleu-azur.

Des spectateurs leur adressaient quelques pièces sur leur tapis, mais ils les refusaient, ce spectacle ils le donnaient en leur honneur, ils ne voulaient rien recevoir.
Ensuite ils reprenaient leur rythme de vie quotidienne.

Ils effectuaient ici plusieurs représentions puis annonçaient leur départ afin d'aller parcourir et découvrir leur merveilleuse Camargue, promettant de revenir les voir avant leur retour en Auvergne.
Ils se dirigeaient tout de suite vers la ville d'Arles . Au passage la troupe s'arrêtait deux jours aux environs de l'étang de Vaccarès où Lulu s'écriait « merveilleux » !
Sur les bords de cet étang ils pouvaient observer et admirer pour la première fois d'innombrables flamants rose qu'ils n'imaginaient pas d'une telle beauté, d'une telle élégance, de pareilles couleurs, curieusement immobiles sur une seule jambe, la tête posée sur une aile. Ils étaient ébahis par cette image, par ce spectacle.

Ils mettaient à profit cette halte pour faire quelques représentations à proximité, puis repartaient vers la destination qu'ils appelaient la Ville des Arènes.

Ils voulaient connaître ces arènes qu'ils avaient entendu parler, admirer l'architecture, imaginer les combats de gladiateurs d'un temps passé, les courses de taureaux, etc...

Ils étaient impressionnés par la beauté et la puissance de l'édifice avant d'apprécier la qualité de l'un de ses spectacles, de l'une de ces courses de taureaux avec le stress des gardians tout de blanc vêtus, face à l'agressif animal au pelage noir, pour lui retirer à l'aide d'une « rasette » la cocarde placée entre ses longues et impressionnantes cornes.

Ils avaient adoré voire aussi une « abrivade », une conduite de taureaux enserrés par les chevaux que montent des gardians fiers et altiers, leur large chapeau sur la tête, le trident à la main.

Ces « Camargues », nom de ces magnifiques chevaux à la robe grise, de petite taille, mais au galop extrêmement rapide, sont des animaux impressionnants de beauté et d'élégance .

Un spectacle grandiose qui les comblait de joie.

Ils aimaient ces courses qui sont une compétition, mais aussi un jeu entre l'homme et l'animal, n'ayant ici ni blessure, ni mise à mort.

Bébert, le conteur, le bonimenteur par excellence était très attentif à toutes ces actions afin de construire des histoires, des racontards, en les adaptant aux coutumes locales pour les prochaines représentations.
Nono profitait des entractes pour se distinguer dans les gradins de cet amphithéâtre en interprétant au milieu du public étonné, quelques grands airs d'opéra, qui en ce lieu avait un écho exceptionnel et permettait à cette bande de joyeux saltimbanques de se faire remarquer avant de chercher à se produire près de ce lieu mythique de la ville.
Deux jours plus tard la troupe d'artistes installaient ses équipements devant la Cathédrale Saint Trophime, au coeur de la ville.

Près des vestiges romains et des arènes historiques, leur première représentation était un triomphe.

Nono, ouvrait le spectacle avec sa belle voix de ténor, Bébert enchaînait avec ses canulars sur la vie, les histoires locales et autres contes et boniments qui amusaient beaucoup le public, d'ici et d'ailleurs.

Margot était la troisième artiste avec ses perroquets Roko et Rokie qui faisaient de multiples prouesses avant de s'adresser au public avec des mots un peu moqueurs et parfois un peu vulgaires.

Lulu le jongleur était le nouveau personnage avec ses balles, ses diabolos, ses anneaux et autres foulards, avant d'impressionner les spectateurs avec ses objets enflammés, ou se faire même cracheur de feu, rappelant l'histoire de ses aïeux qui autrefois étaient ce que l'on appelait des « montreurs d'ours ».

Yoyo se faisait autre nouvelle artiste avec ses caniches, Black et White qui faisaient d'exceptionnels numéros d'acrobaties, de roulades et aboiements à la demande, amusant beaucoup les amis des animaux.

La troupe terminait ses spectacles sur le même rituel, avec Nono interprétant de nouveaux airs sur lesquels Margot exécutait de formidables danses flamenco avec son corps d'une beauté sculpturale.

Le public était ravi et enthousiasmé par la qualité du travail de ces jeunes gens, et aussi amusé par la présence du bébé Archibald.

C'est à ce moment que Yoyo prenait en main le petit landau avec son bébé pour présenter son chapeau haut de forme parmi les spectateurs pour récolter leur générosité.

Leur renommée se répandait rapidement dans la ville et ils avaient la satisfaction de rester plusieurs jours sur cette place, y faisant de nombreuses représentations devant un public qui n'était jamais avare de générosité.

Comme d'habitude les saltimbanques s'en allaient deux semaines plus tard pour aller apprécier les beautés de l'arrière pays Provençal qu'ils savouraient chaque jour, tant par la chaleur du climat que de ses résidents.

Ils s'arrêtaient ensuite dans une autre ville qui s'appelait Tarascon….. sur quelque chose, ils ne savaient plus précisément, si ce n'est qu'elle était dotée d'un monument d'exception datant du 15eme siècle.

Près de cet édifice ils avaient le privilège de pouvoir présenter quelques spectacles, car c'était un ancien château fort, ce qui donnait encore plus le caractère baroque à leurs représentations.

Bébert ne manquait pas d'arguments pour conter ses légendes sur des faits historiques plus ou moins réels, mais qui amusaient toujours son public.

Après ces jours de spectacles, et un temps de pause, les saltimbanques se dirigeaient vers des lieux exceptionnels, Les Baux de Provence et St.Rémy de Provence.

Ces destinations ils les avaient fixées pour une visite en profondeur de cette région qu'ils enviaient chaque jour davantage selon les dires qu'ils entendaient.

Ils mémorisaient ces noms, ces villes, et toutes autres choses comme ils pouvaient car aucun membre de la troupe ne savait véritablement lire, écrire ou même compter, à l'exception de Yoyo qui parvenait difficilement à reconnaître quelques mots, mais qui comptait à peu près bien l'argent qu'elle récoltait.

Toutefois elle savait parfaitement gérer ses comptes pour le bon fonctionnement de cette petite entreprise familiale.

Yoyo et Nono étaient conscients et soucieux de ce gros problème et se demandaient déjà comment, un jour, ils pourraient faire pour que leur fils Archibald ne connaisse pas pareil souci.

Ils essaieront de trouver quelqu'un plus tard pour les aider, disaient-ils, mais pour le présent le but était de rejoindre Les Baux de Provence.

A la vitesse de trois ou quatre kilomètres à l'heure, la troupe s'approchait de sa destination et touchait le but en deux jours.

A l'entrée ils s'exclamaient tous par des oh la la, oh la la, devant la grandeur et la splendeur du site, du panorama qui s'ouvrait à leur yeux.

Ils étaient ébahis, éblouis par ce paysage, la profondeur de cette vue exceptionnelle, le caractère médiéval du village, ses rues étroites et chaotiques avec ses gros pavés mal taillés, ses constructions de pierre, son Château du 16eme siècle, sa Maison du Roy, son église St.Vincent, puis la Chapelle des Pénitents Blancs qui retenait immédiatement toute leur attention, car c'est ici qu'ils souhaitaient se produire

Tout était grand, tout était d'une extraordinaire beauté dans cette lumière provençale si pure, si naturelle, et pourtant si quotidienne !

Les visiteurs étaient nombreux et déjà ils percevaient qu'ils pourraient réaliser là de belles prestations face à tous ces curieux, amoureux de nature dans ce merveilleux environnement. Plus que jamais les artistes étaient motivés car ils pensaient aux recettes qui pourraient être particulièrement fructueuses.

Forts de toutes ces pensées, Lulu, Margot, Bébert, Nono, Yoyo, chacun voulait peaufiner son numéro afin de présenter un spectacle digne de l'excellence du lieu.

Pendant ce temps, Archibald, dormait paisiblement dans sa voiture sous l'ombre bienveillante d'un haut cyprès.

Dès le lendemain, après leurs activités matinales, ils reprenaient dans un endroit discret les répétitions du spectacle qu'ils envisageaient de produire l'après-midi même sur la petite place de cette chapelle.

Il faisait très beau, il faisait chaud, le soleil ardent brillait de son exceptionnelle luminosité sur les artistes qui avaient revêtus leur plus beaux habits de scène, même Archibald avait été habillé dans un costume d'arlequin aux couleurs de leurs roulottes, de bleu, de jaune, de vert, que sa maman Yoyo lui avait réalisé avec différents morceaux de tissus de récupération, mais qu'est-ce qu'il était beau et adorable, habillé ainsi dans les draps blancs de son landau noir.

Au début de leur séance, comme il arrive fréquemment à la première représentation, les spectateurs arrivaient timidement, peu nombreux, mais lorsque Nono interprétait de sa puissante voix le second air de son répertoire du jour, celui d'un célèbre opéra très en vogue au moment, un public enthousiaste se pressait autour de la petite chapelle.

Les numéros s'enchaînaient sans interruption, il fallait retenir le public, et c'est Margot qui venait travailler avec ses oiseaux qui après leurs jeux ne manquaient pas de s'adresser au public avec leurs propos un peu grivois qui amusaient toujours autant les amateurs des arts de rue.

Puis arrivait Lulu le jongleur, qui faisait l'admiration des curieux par ces fabuleuses qualités d'adresse avant que vienne l'amusant Bébert et ses contes, ses histoires drôles et locales, et ses surprenants tours de passe-passe.

Yoyo présentait alors Black et White pour son numéro de dressage avec ses caniches, puis Nono revenait pour interpréter les meilleurs airs qui constituaient la musique des danses que Margot interprétait dans un enthousiasme délirant, emportée par le palmas, ces claquements de mains du public conquis et déchaîné qui accompagnaient les chants du ténor.

Yoyo prenait son landau avec Archibald pour s'approcher du public amusé de voir habillé en arlequin ce joli bébé, tenant le chapeau avec sa main gauche, la main droite posée sur son coeur. Le public applaudissait à tout rompre et montrait autant de générosité que de satisfactions.

Les artistes appréciaient ce public exceptionnel et la réussite totale du spectacle qu'ils renouvelleront plusieurs fois pendant plus de deux semaines avec le même engouement avant de rejoindre leur nouvelle destination.

La troupe s'offrira alors deux ou trois jours pour se reposer et réparer les matériels très sollicités. Ensuite elle reprenait la route, le trajet ne demandant qu'une journée à Athos et Portthos pour atteindre le but.

Au bout de cette route bordée de chênes centenaires, après avoir traversé les champs d'oliviers dans un si joli décor, les portes de la ville s'ouvraient grandes derrière ce panneau tant attendu, Saint-Rémi-de-Provence.

La petite capitale des Alpilles, la perle de l'une des plus anciennes cités de France, un village riche de ses monuments historiques, un village aux arts et aux artistes multiples, peintres, écrivains, compositeurs, auteurs, musiciens, etc..
A leurs yeux ils touchaient ici le Graal de leur séjour provençal.
Ils rencontraient de grands artistes, musiciens, compositeurs, auteurs, peintres, sculpteurs, écrivains.
Ils rencontraient tous ces Gens qui faisaient la grandeur et la splendeur de la France de l'après-guerre de 1870, de ces Gens qui apportaient le progrès, de ces Gens qui faisaient la France de la « Belle Epoque »

Ce jour là était jour de marché sur les petites places ombragées où l'on trouvait de superbes fleurs, des légumes et des fruits au odeurs et aux couleurs de cette belle Provence.

Alors nos joyeux saltimbanques, avec Archibald dans son landau, se dispersaient dans les rues étroites, admiraient les nombreuses échoppes aux produits de haute qualité, se montraient attentifs, surtout Bébert, à tout ce qui se disait sur les terrasses des bistrots pour ses prochains racontars. Chacun vivait ici une belle journée de repos et de bonheur tout en cherchant le meilleur endroit pour bien travailler.

Et c'est là, au hasard du détour d'une rue que Nono découvrait un ancien relais de poste du 18eme siècle devenu Hôtel, où séjourna Charles Gounod, le compositeur du célèbre Avé Maria et de l'opéra « Mireille » tiré d'un poème épique en provençal de Frédéric Mistral en 1864.
Il n'en fallait pas plus; Aussitôt les artistes s'accordaient sur le choix de cette place située juste à côté, pour installer leur lieu de représentations au centre de la ville.
Ils étaient confiants dans cet emplacement par les symboles qu'il représentait et le lendemain, autorisation en poche, la troupe se mettait en scène avec l'envie démesurée de produire un énorme spectacle.

Dans cette ville d'art et d'artistes, le public était intuitif, dès le début de la représentation les spectateurs étaient déjà nombreux.

En fins connaisseurs ils appréciaient les premières interprétations de Nono qui avait su préparer très habilement quelques airs de l'Opéra « Mireille » de Gounod et le public conquis, enthousiaste, et de plus en plus nombreux en redemandait.

Leur prestation était un véritable triomphe qui se poursuivait avec les numéros habituels, et lorsque Margot se présentait pour interpréter ses danses flamenco accompagnées de son chanteur Nono, elle virevoltait de bonheur dans son espace qui se faisait de plus en plus restreint par le public envoûté qui l'entourait en formant une chaîne toujours plus resserrée comme ses saltimbanques n'avaient jamais connue.

Ce fût un exploit sans précédent qui les touchait profondément. Yoyo approchait alors avec son landau, son chapeau et sa main sur le coeur elle récoltait des pièces, mais aussi avec émotion, des billets comme elle n'avait pas l'habitude de recevoir.

Cette première à Saint-Rémy-de-Provence était gravée pour toujours dans leur mémoire, par leurs recettes du jour, mais également par les hommages reçus des grands artistes en séjour dans la ville.

Nono avait prévu une semaine de stationnement ici car il voulait partir vers d'autres villages qui les conduiraient à connaître un autre versant avant de rejoindre les Saintes pour saluer comme il l'avait promis, ses habitants puis rejoindre leur pays d'Auvergne.

Seulement voilà, c'était sans compter sur les demandes insistantes et les encouragements des habitants et des résidents qui en voulaient encore et toujours.

La troupe séjournait donc deux semaines de plus dans cette ville merveilleuse.

Profitant de ce temps de prolongation, Lulu, le jongleur, admirateur de paysages, de peintures, d'images fortes, ne manquait pas au plaisir de visiter une exceptionnelle exposition de tableaux du célèbre peintre Vincent Van Gogh, qui avait réalisé ici plus d'une centaine de tableaux sur la Provence, mettant en scène, la douceur, la chaleur et la force de ses couleurs que l'on ne trouve nulle part ailleurs.

Lulu était émerveillé de sa visite et en gardait un énorme souvenir avec des images plein les yeux.

Les représentations se renouvelaient chaque jour dans une même et chaleureuse ambiance.

La troupe engrangeait de très beaux revenus ce qui les réjouissait vivement et leur donnait l'assurance d'aborder la saison d'hiver en toute sérénité avec leur adorable bébé.

Puis arrivait l'inévitable départ. Avant de rejoindre les Saintes, selon leur promesse, ils décidaient de passer par la plaine de Crau, Méjanes, puis Aigues-Mortes, où la troupe voulait se produire.

Ils faisaient ce déplacement en toute tranquillité, ils avaient beaucoup travailler et un peu de repos leur était le bienvenu.

Alors ils circulaient confortablement installés dans leurs roulottes, faisant régulièrement des pauses pour le repos des chevaux, qui eux dégustaient alors l'excellente herbe du pays de Crau.

Nono faisait provision sur ce retour de quelques bottes de ce foin tant réputé pour leurs animaux qui tiraient toujours de leurs mêmes pas les roulottes joliment décorées.

Sur leur passage nos saltimbanques faisaient de multiples et belles découvertes.

Tout d'abord les nombreuses manades avec leurs taureaux noirs aux cornes impressionnantes qui paissaient d'un air tranquille sous l'oeil attentif des gardians, montés sur leur chevaux gris avec leur magnifique selle de cuir et tout le harnachement camarguais, chapeau sur la tête, trident à la main.

Lors de la visite d'un élevage, ces jeunes gens avaient eu le privilège d'être invités par le manadier à déguster une « gardiane », pour les remercier de l'intérêt qu'ils portaient à son élevage et à son travail.

La gardiane est une spécialité arlésienne, une daube à base de viande de taureau de Camargue, d'olives et de vin rouge.

Cet excellent plat était accompagné de riz de Camargue aux saveurs inimitables, de ratatouille et d'un vin rouge du vignoble camarguais.

Ils étaient ravis et très honorés de cette invitation.

Ensuite ils découvraient les rizières, ils n'en avaient jamais vues, avec les flamants roses qui aimaient s'y poser.

Tout leur était plaisir, tout leur était découverte d'une région parfaitement inconnue.

Yoyo et Margot profitaient toutes deux de cette aubaine pour acheter, chez des producteurs, une belle provision de ce riz d'excellence.

Puis arrivait la ville de Méjanes avec ses parcours de détente, mais eux ne s'y arrêtaient que pour quelques représentations, à la suite de quoi ils se rendaient à Aigues-Mortes.

Ils découvraient là encore un de ces jolis villages fortifiés de la Petite Camargue avec ses remparts de plus de mille six cent mètres de longueur, ses quantités d'oiseaux, les salins et leurs montagnes de sel, colorées comme les monts d'Auvergne en hiver, ses rues au caractère médiéval, la place Saint-Louis d'où ce roi partit pour faire sa dernière croisade, à destination du Levant.

Ici encore les saltimbanques en prenaient plein les yeux et c'est bien évidemment sur cette place, au centre du village qu'ils allaient produire leurs prochaines animations devant un public qui avait eu connaissance de leurs qualités lors de leur passage aux Saintes.
Ils passaient là à nouveau quelques jours avec un même succès, puis tenaient leur promesse en retrouvant les Saintes-Maries et ses habitants charmés de revoir ces jeunes et beaux artistes.

La saison estivale touchait à sa fin, touristes et spectateurs étaient moins nombreux, néanmoins ils se produisaient cinq ou six fois avant de prendre un dernier bain de mer, et saluer leurs hôtes du plus profond du coeur avant de repartir en direction de leur Pays d'Auvergne.

Pour ce faire ils empruntaient les routes en direction des Cévennes en traversant le Gard, puis la Lozère avant de se présenter dans le Cantal et se poser dans le village de Vic où ils avaient séjourné et déclaré la naissance de Archibald.

Une nouvelle saison s'annonçait inévitablement sous un ciel gris et triste, les premières pluies d'un automne précoce ne permettant plus les spectacles en plein air, ils décidaient de mettre fin à leur saison artistique qui avait été extrêmement riche, brillante et les avaient comblé de satisfaction et de bonheur.

Leur réaction ne se faisait pas attendre au vu de l'environnement des routes bordées de forêts riches en champignons.

Chaque matin Nono, Bébert et Lulu allaient parcourir les sous bois à la recherche très fructueuse de ces eucaryotes que sont les champignons, qui ne sont ni des végétaux, ni des légumes, mais d'excellentes garnitures culinaires.

Ils s'en régalaient à leur repas bien sûr, mais le but était surtout de les vendre, dans des restaurants ou sur les places de marchés qu'ils trouvaient sur leur passage. Ils en tiraient de substantiels revenus complémentaires car la gouaille de Bébert avec ses histoires, associée aux talents de vendeuse de Margot, faisaient que les ventes étaient très bonnes quelque soit le client.

Ils ne manquaient pas également de ramasser au sol, noix et châtaignes qui agrémenteront les repas au cours de l'hiver.

Ainsi, après plusieurs semaines de voyage, la petite famille arrivait dans ce village de Vic, où ils s'installaient comme l'année précédente et chacun reprenait ses activités de saison, avec le même enthousiasme et le même sentiment de bonheur et de liberté.

Maintenant ils étaient stationnés.
Les chevaux Athos et Porthos étaient logés dans une écurie chez un petit agriculteur, célibataire, la trentaine d'années, qui s'appelait Jason.

C'était un personnage quelque peu atypique, vivant un peu en marge de la population dans ce buron à flan de montagne, mais un homme gentil, courtois, dévoué, sympathique et bienfaisant à l'égard de ces jeunes saltimbanques, quelque peu atypiques eux aussi !

Nono et Bébert retrouvaient leurs employeurs, Yoyo ses travaux manuels de broderies, mais qui cette année était aidée par Margot, car la présence de Archibald qui déjà allait avoir deux ans, touchait à tout, demandait beaucoup de temps et d'attention.

Le temps de son second anniversaire était donc arrivé.

Yoyo souhaitait s'en référer à la date de sa déclaration de naissance qui avait eu lieu après la visite des gendarmes, c'était un 16 Novembre, mais ce jour là est aussi le jour de Sainte

Marguerite, donc le jour de la fête de sa marraine Margot, qui en fait s'appelait Marguerite.

Pour cet anniversaire d'Archibald, Margot et Lulu, marraine et parrain, avaient acheté chez le boulanger du village, un gros gâteau à la crème, avec une belle bougie bleue, et dessus, écrit, Archibald, 2ans.
Ce gâteau d'anniversaire, ils souhaitaient le partager, et c'est tout naturellement Jason, le gardien de leurs chevaux qu'ils avaient convié pour ce dessert en l'honneur du souriant et dynamique garçon qu'est le petit Archibald, plein de joie et de vie

Yoyo et Nono voulaient que ce jour soit une fête familiale et amicale. La maman et la marraine avaient soigneusement préparé un très beau dîner qu'elles avaient plaisir à servir à la famille ainsi qu'à Jason, leur invité, ce qui était exceptionnel pour eux.
Cette soirée permettait aussi de mieux se connaître et d'échanger sur tout et sur rien, de parler tout simplement, de raconter leur merveilleux voyage en Provence, et déguster avec l'excellent repas ce petit rosé rapporté du voyage, car si Nono avait fait provision de foin de Crau pour les chevaux, il n'avait pas manqué de faire provision de quelques bonnes bouteilles provençales pour sa table.

Pour compléter ces conversations et cette chaleureuse soirée, il y avait naturellement les inévitables drôleries de Bébert, l'amuseur public.

A la fin du repas chacun savourait enfin la délicieuse pâtisserie, y compris Archibald, qui, sur les genoux de sa marraine Margot, enfonçait régulièrement un doigt au plus profond de sa part de gâteau pour en ressortir toutes les saveurs crémeuses et sucrées qu'il appréciait vivement sans porter attention au chant mélodieux que son papa interprétait en son honneur.
Ainsi se terminait cette très agréable réception de Jason qu'il avait beaucoup appréciée, et chacun rejoignait son logis.

Après tout le beau temps provençal, c'était maintenant un hiver très rigoureux qui les attendait.

Ils avaient du travail, ils se sentaient bien, rien ne les obligeait à partir, alors ils décidaient de demeurer ici au moins jusqu'à Noël, ou plus encore, dans l'attente de jours meilleurs.

Au rituel devenu tradition pour la veillée de Noël, ils interprétaient les plus beaux chants qui attiraient toujours plus de monde, à la plus grande satisfaction du prêtre du village.

Ainsi se terminait cette merveilleuse année avec le vœu exaucé de cette heureuse famille de saltimbanques comblée de joie et bonheur.

- UN RUDE HIVER -

Noël était passé, une année nouvelle était arrivée dans une grande tourmente hivernale en ce début de janvier.

Le froid polaire avait gelé profondément la terre et les arbres, les tempêtes se succédaient en causant de nombreux dégâts sur les habitations fragilisées par d'importantes chutes de neige qui rendaient la circulation aussi difficile que périlleuse sur des chemins de fortune.

Les produits alimentaires manquaient, des réserves de végétaux pour les animaux étaient détruites, c'était une grande misère qui s'abattait sur le pays dans cette fin du 19ème siècle.

Nono, Bébert et Lulu se rendaient régulièrement chez Jason pour voir leurs chevaux, les caresser, leur parler et se rassurer de leur bon état de santé, qui en cette période difficile finissaient de manger le reste de leur bon foin provençal.

Ces situations catastrophiques les saltimbanques les vivaient avec courage et confiance face aux difficultés qu'ils rencontraient dans leurs fragiles roulottes, malgré la chaleur de leur poêle en fonte et la présence de l'adorable petit Archibald qu'il fallait fortement entourer et protéger.

Pendant les longues soirées d'hiver qu'ils partageaient de temps à autre avec Jason, ils jouaient aux cartes ou refaisaient cent fois leur extraordinaire séjour en Provence.

Sans problème la troupe restait installée là où elle était, les roulottes ayant pu être mises sous un solide abri, couvert et protégé des vents redoutables et dominants.

Dotés de leur grande volonté, ils continuaient courageusement leurs emplois, toute circulation lointaine étant rendue impossible.

Bébert et Nono travaillaient ardemment chez un entrepreneur de ramonage, de vente et de livraison de bois et charbon où les demandes étaient très importantes malgré des prix élevés.

Lulu faisait sa vannerie, Yoyo et Margot leurs travaux de couture.

Ils faisaient leurs activités saisonnières, certes, mais ils n'en demeuraient pas moins des gens du voyage, des artistes de rues, et il leur fallait travailler sans cesse leurs numéros, les améliorer et réaliser de nouvelles créations.

Ils devaient aussi réfléchir vers quelles destinations ils pourraient envisager se diriger au prochain départ, ayant constaté que se produire sur des territoires nouveaux pouvait être très bénéfique.

Tout ce temps était long, les journées pénibles, sauf pour Archibald qui avait le bonheur d'être entouré constamment de sa maman et de ses parrain et marraine.

Puis les tempêtes se calmaient enfin, le soleil revenait, les températures remontaient, les chutes de neige s'arrêtaient, la vie s'améliorait, l'espoir renaissait.

Encore quelques semaines difficiles, puis la troupe envisageait son départ, vers quelles directions?, la décision n'était pas encore prise.

Après mûres réflexions, le jour était venu. Leur choix les conduisait tout d'abord en direction d'Aurillac car ils voulaient se produire aux environs de Sarlat et la Vallée de la Dordogne que le patron marchand de charbon leur avait conseillée, puis ensuite remonter en Corrèze par des villes comme Brive, Tulle, Bort-les-Orgues, qui étaient des lieux connus des visiteurs par leurs magnifiques panoramas.

Ils pensaient aller ensuite vers les stations thermales du Puy-de-Dôme pour terminer leur circuit de l'année avant de revenir à Vic, qui devenait désormais leur base, leur commune d'attachement.

Ce village leur était devenu familier, il y avait un boulanger qui faisait d'excellents pains et gâteaux, les marchés, et ils retrouveraient leur ami Jason dans son buron où il fabriquait de la Tome du Cantal et de goûteux fromages de chèvres.

Yoyo et Margot retourneraient vendre leurs travaux sur le marché tous les mardi et vendredi, Lulu resterait à la roulotte pour faire ses paniers et veiller sur Archibald.

Bébert retrouverait son entreprise de bois et charbon, Nono ferait de nouveaux affûtages en complétant au besoin son emploi du temps par des ramonages ou des livraisons chez le charbonnier.

Le programme était parfaitement établi, comment allait-il se dérouler ?

La question était désormais posée, la réponse ne sera connue qu'à la fin du périple, mais la confiance régnait dans la famille.

Le premier arrêt se faisait à Aurillac. Il ne faisait pas très beau, le public paraissait bien mince, mais les premières représentations permettaient de rôder les nouveaux numéros.

La troupe s'en allait ensuite vers le Périgord Noir et portait son choix sur la jolie ville de Sarlat. Elle y installait sa modeste scène de spectacle sur la place du centre-ville près de l'église Sainte-Marie.

Les spectateurs étaient un plus nombreux, mais la population n'était pas très généreuse, alors les recettes étaient bien minces, ce qui n'était pas très motivant.

Les saltimbanques continuaient à sillonner la Vallée et à se satisfaire de leurs modestes revenus, même avec la présence du petit « arlequin » Archibald qui avait plaisir à danser ou gesticuler dans son joli costume coloré devant le public.
A l'issue de cette visite périgourdine, Athos et Porthos tiraient les roulottes pour la Corrèze comme prévu.
Les artistes avaient décidé de se produire aux environs de Brive-la-Gaillarde, Tulle, Bort-les-Orgues, pour se présenter ensuite aux stations thermales du Puy-de-Dôme où se terminerait la saison artistique.

Ils réalisaient leur parcours mais pensaient à leur séjour provençal, son ambiance et ses importantes recettes.
Sans aucun doute, ils retourneront une prochaine saison en Provence, tellement ils avaient été séduits, mais maintenant l'heure était arrivée de partir se poser au village de Vic.

Une semaine plus tard ils s'installaient comme l'année précédente.
Ils retrouvaient leur ami Jason, Athos et Porthos retrouvaient leur écurie, et chacun ses activités devenues habituelles.

Quant à Archibald il était maintenant un joli garçonnet de bientôt trois ans. Il était remuant, parlait beaucoup, mais demeurait un enfant de petite taille.

Sa situation devenait ennuyeuse dans sa roulotte car malgré les quelques jeux qu'il pouvait avoir, les températures ne lui permettaient plus chaque jour de pouvoir être dehors comme il en avait l'habitude et là commençait vraiment sa vie d'enfant du voyage, une vie souvent difficile et compliquée.

L'hiver ne se présentait pas trop rigoureux mais la saison artistique n'avait pas été très enrichissante, alors Lulu s'autorisait quelques interdits pour venir en aide à la famille.

Il avait lié une sincère amitié avec Jason qu'il allait voir fréquemment à son buron près de la forêt particulièrement giboyeuse, et un jour il se laissait tenter avec son ami d'aller poser trois ou quatre collets dans des passages bien précis pour capturer quelques lapins.

Tous deux connaissaient l'interdiction évidemment, mais se disaient que les temps étaient difficiles et que ce petit dérapage à la loi ne portait atteinte à personne. De même, Lulu avec sa grande dextérité avait un autre talent, capturer au printemps des truites dans l'eau limpide de cette petite rivière qui coulait au bas de ce buron, et qui s'appelait la Cère.

C'est ainsi que pendant l'arrêt de leurs voyages, Lulu apportait de temps en temps, truites ou lapins qui donnaient un peu de diversité au contenu des assiettes, outre un certain plaisir à se livrer à ce petit interdit, occasionnellement.

Archibald appréciera, lui, le jour venu, le gâteau de ses 3 ans offert par Margot et Lulu, qui sera servi à la fin d'un dîner en compagnie de Jason, considéré désormais plus en membre de la famille qu'en ami pour sa plus grande satisfaction dans une confiance largement partagée.
Noël, arrive de nouveau. Il sera fêté dans le même esprit, la même joie, le même bonheur avant d'aborder comme toujours une nouvelle année et ses mêmes interrogations.

La tournée du voyage avait laissé un souvenir au goût amer à Nono.
Étaient ils partis trop tôt ? avaient-ils fait un mauvais choix de destinations ? était-ce dû au difficile hiver précédent ?

Nul ne savait répondre mais pour la prochaine saison Nono décidait que la troupe ne partirait qu'après Pâques et malgré la mauvaise fortune de cette tournée ils décidaient de refaire le même voyage.

Ils pensaient que leur passage les aurait fait connaître et que cette année le résultat serait meilleur.

Hélas, s'il s'avérait un peu plus satisfaisant, Yoyo ne recevait pas les recettes espérées. Alors la tournée était abrégée afin de rentrer plus tôt à Vic et installer le stationnement pour reprendre les emplois d'hiver.

- NOUVEAUX PROJETS -

Il fallait oublier les derniers voyages malgré la beauté des paysages mais ils étaient d'accord pour que le nouveau périple soit uniquement dans la région qu'ils n'avaient pas visiter depuis quelques années déjà.

Ils établissaient succinctement un itinéraire en direction des Monts d'Auvergne afin que leur petit Archibald découvre mieux les panoramas de leur belle région.

La troupe roulait à son petit train-train vers Murat. Archibald, installé confortablement, regardait par la fenêtre de sa maison ambulante les paysages se succéder et apercevait le sommet du Plomb du Cantal avant que les Saltimbanques, qui s'étaient pleinement concentrés dans leur travail artistique, n'atteignent les abords de la ville où ils allaient présenter leur premier spectacle de la saison.

 Les artistes étaient un peu connus ici alors ils avaient la satisfaction de recevoir un petit public qui aimait bien leurs nouveaux numéros, dynamiques et exécutés avec beaucoup de perfectionnisme.

Nono était très satisfait du résultat. La troupe était confiante lorsqu'elle s'enfonçait dans le Parc des Volcans et vers les si beaux villages de Riom-ès-Montagnes, Condat, Besse, etc., jusqu'au Puy de Sancy.

Archibald était heureux en montrant de son doigt à sa maman toutes ces magnifiques vues, ces monts, ces vallées qui défilaient à raison de trois ou quatre kilomètres à l'heure.

Dans leurs représentations, le public était assez présent, satisfait de retrouver ces saltimbanques. Il était assez participatif et d'une bonne générosité, ce qui les réconfortait et les encourageait.

La saison se déroulait ainsi dans de bonnes conditions de stationnements et d'autorisations pour produire leur art, jusqu'à leur retour au village qu'ils avaient maintenant adopté.

Ils retrouvaient dès lors leur ami chez qui ils conduisaient de nouveau leurs chevaux pour l'hiver après avoir rangé les roulottes sous l'abri de bois couvert de lauzes.

Ils reprenaient sans attendre les activités habituelles, impatients que reviennent Noël et les jours festifs de cette nouvelle fin d'année.

Le présent hiver était relativement agréable avec un ciel bien ensoleillé que l'on voyait briller au loin de mille reflets sur les monts enneigés.

C'est dans cette lumière que la famille allait se promener joyeusement un dimanche après-midi dans les rues de ce village qui les charmait toujours plus chaque jour.

Au cours de leur visite dans le vieux bourg, observant une pittoresque maison, ils rencontraient un homme qui les interpellait en leur demandant s'ils connaissaient les origines de cette élégante demeure, et la réponse était « non », évidemment.

L'homme, qui était un peu l'érudit du village, leur disait « si vous voulez je peux vous conter une partie des origines de ces vieilles pierres ». Bébert, le conteur, se réjouissait de cette proposition qu'il acceptait volontiers, comme toute la famille, tant pour apprendre l'histoire du village que pour composer ses prochains monologues.

Ils apprenaient alors que cette maison du XVI siècle était la maison des Princes de Monaco, que dans ce vieux bourg il y avait également un ancien relais de poste, la « maison du Dejou », à un autre endroit ils pourraient voir la maison dite « de la Reine Margot » qui n'était autre qu'une ancienne forteresse, avant de se rendre à l'église Saint-Pierre au style roman et gothique.

Cet homme ravi de pouvoir parler aussi longuement à des visiteurs portant autant d'intérêts à ses propos, en profitait pour évoquer les origines du nom du village, le village lui-même ayant son origine par la naissance d'une source d'eau minérale à la fonte des glaces, à la fin de l'époque glaciaire de la vallée.

Il leur disait encore que le nom Vic venait de l'époque celtique et qu'il s'écrivait à ce moment là, Vick, qui voulait dire, vertu, force, comme une force de la nature pour les Celtes et les Gaulois, tandis que plus tard les romains transformaient ce nom en Vicus, qui voulait dire « bourg ». A une certaine époque la commune était aussi appelée Vic en Carladez pour devenir aujourd'hui, Vic sur Cère, du nom de la rivière qui coule ici.

Après ces longs exposés, le monsieur demandait au petit garçon comment il s'appelait, et celui-ci répondait de sa petite voix « je m'appelle « ARCHIBALD ». Sans attendre le monsieur lui disait que c'est un bien joli prénom qu'il avait là et le reste de la troupe se présentait, Yolande, dite Yoyo, Marguerite, dite Margot, Norbert, dit Nono, Lucien, dit Lulu, et Albert, dit Bébert, tous ces diminutifs pour en faire des noms d'artistes.

L'homme se présentait à son tour en disant, moi je m'appelle Marin, et je vais t'instruire mon garçon sur ton prénom d'origine germanique.

Archibald vient de « ercan » qui veut dire « audacieux », mais quand à vous Marguerite savez vous comment est né votre prénom ?

Margot répond oui bien sûr monsieur, mon nom vient d'une fleur des champs tout simplement.

Oh la la, pas si vite ma bonne dame lui dit-il, car à l'origine Marguerite vient de Margarita, ce qui veut dire « pureté », et ce nom avait été donné non pas à une fleur, mais à une perle, alors voyez-vous, vous n'êtes pas l'image d'une fleur, mais celle d'une perle, et il a été donné plus tard à cette fleur des champs qui n'avait pas de nom, parce que lorsqu'elle se referme, son bouton ressemble à une perle, mais peut-être êtes vous les deux à la fois !.

Margot rougissait fortement devant ce compliment en remerciant Marin de ses gentils propos et tous le remerciaient de ses brillants commentaires avant de se quitter pour continuer leur visite.

Après ces longs discours le soleil baissait rapidement mais ils étaient heureux de cette rencontre et espéraient un jour revoir ce charmant personnage.

Ils terminaient ainsi ce jour de repos qui avait été un dimanche fort agréable.

Le lendemain la vie retrouvait son quotidien comme il en sera de même les jours et semaines suivantes jusqu'à l'éclosion du mois d'Avril, puisqu'ils en avaient décidé ainsi pour leur prochain départ

- NOUVELLE SAISON -

Au moment de partir, les saltimbanques ne savaient quel circuit ils pourraient entreprendre car Yoyo connaissait quelques soucis de santé, de fatigue, de douleurs bizarres, préoccupants suffisamment Nono et ses cousins pour décider de ne pas établir de longues distances afin de ne pas créer de fatigue excessive à son épouse, car déjà il lui était parfois difficile d'assurer en répétitions ses numéros avec les deux caniches.

Ils partaient donc totalement au hasard comme ils le faisaient autrefois, sur ces routes sinueuses du Cantal aux paysages enchanteurs, et dès qu'un village les inspirait, ils s'arrêtaient pour se produire.

Ils continuaient leurs représentations, Margot la vente des travaux manuels sur les marchés, et un jour, au hasard de l'un d'eux, Yoyo et Margot croisaient cette chère Marie qui avait tant aidé Yoyo à la naissance d'Archibald.
Les deux femmes du voyage s'empressaient d'étreindre Marie dans leurs bras et lui demander des nouvelles de Monsieur Archibald.
Marie d'un air triste répondait que, hélas, son mari était décédé depuis près d'un an.

Elle restait seule dans sa petite ferme où elle élevait toujours poules et lapins, qu'elle avait encore ses deux vaches et deux chèvres, mais elle n'avait plus son âne Arthur.

Elle s'empressait de demander des nouvelles du bébé Archibald, elle aurait tant aimé le revoir, et c'est alors que, le hasard faisant bien les choses, Nono revenait plus tôt que prévu avec son fils rejoindre Yoyo, pour le bonheur de cette chère Marie qui avait tellement contribué à sa naissance. Marie était ravie de voir le bébé devenu un joli garçon qu'elle serrait très fortement dans ses bras en lui donnant un doux baiser d'amour et de bonheur.

Pour sa part Nono embrassait respectueusement Marie et disait être profondément peiné du départ de Monsieur Archibald pour qui il avait toujours gardé le meilleur et le plus grand souvenir de générosité.

Marie les invitait avec plaisir à lui rendre visite à la ferme et de se reposer quelques jours s'ils le désiraient.

Nono acceptait l'invitation car en fait la ferme de Marie était proche de ce village. La troupe se stationnait comme elle l'avait fait, les chevaux allaient pâturer l'herbe fraîche en compagnie des deux vaches et des deux chèvres, l'âne Arthur n'étant plus là.

Chacun échangeait beaucoup autour de la table avec la vieille dame, Yoyo et Nono visitaient avec émotion l'endroit où dans l'étable avait eu lieu la naissance de leur enfant.

Nono demandait à Marie de pouvoir aller se recueillir sur la tombe de Monsieur Archibald, et c'est toute la troupe avec l'enfant Archibald qui exprimait son respect au vieil homme.

Deux jours plus tard le voyage reprenait, très heureux d'avoir revu cette courageuse dame qu'il leur avait tant apporté. Maintenant il fallait bien continuer à travailler et assurer les moyens de faire vivre la troupe. Pourtant il était des jours ou Yoyo éprouvait d'importantes difficultés à présenter son numéro et c'est ainsi que l'enfant Archibald avait secrètement décidé de venir en aide à sa maman.

Chaque jour il entendait son papa chanter, il voyait sa maman travailler avec les chiens, puis à un spectacle où elle n'était pas bien, Archibald, toujours vêtu de son habit d'arlequin, entrait spontanément sur la scène en interprétant le chant de son papa en ouverture de la représentation.

Le public, tout comme sa famille qui ne l'avaient jamais entendu répéter étaient extrêmement émus, mais aussi surpris du timbre aigu de sa voix enfantine qui ressemblait beaucoup à une voix de contre-ténor, que l'on appelle aussi une voix de « castrat ».

Ce registre était plus connu en Italie avec la voix du célèbre chanteur d'opéras baroques Farinelli, ou Farinello, de son véritable nom Carlo, Maria Michelangelo.

Ses parents et cousins étaient envahis d'émotions alors qu'il changeait totalement de registre en interprétant une comptine que sa marraine Margot lui avait apprise, puis il accompagnait sa maman pour que Black et White réalisent leurs savants numéros d'obéissance et de sportivité.

Le public était conquis par cet enfant artiste et les numéros qui s'enchaînaient sans interruption.
A la fin c'est Archibald qui présentait le chapeau aux spectateurs, recueillant ce jour là une belle recette qui mettait du baume au coeur à toute la famille.
Le jeune garçon était vivement félicité par les siens au retour dans les roulottes et son papa lui demandait s'il voulait participer maintenant aux représentations. Il acceptait avec joie cette proposition qui allait soulager sa maman et donnait plus d'ampleur à leur programme.
Archibald était maintenant un artiste à part entière de la troupe, lui aussi était maintenant un véritable Saltimbanque, chanteur et un peu amuseur car il avait appris avec Bébert, à avoir, avec sa voix enfantine, une réplique facile et drôle avec les spectateurs qu'il amusait beaucoup.

La bande de joyeux drilles, tel qu'ils se définissaient aussi malgré les soucis de Yoyo qui tendaient à augmenter, allait partir vers une autre ville avec l'espoir d'y trouver un bon médecin, car les remèdes de tisanes ou autres plantes utilisées selon leur méthode ancestrale n'était d'aucun bienfait pour les maux de cette maman.

Une vingtaine de kilomètres plus loin il leur était enseigné l'adresse d'un bon Docteur que Yoyo allait consulté aussitôt accompagnée de son mari Nono.

Le médecin faisait part rapidement de son diagnostic et ne cachait pas son inquiétude sur l'état pulmonaire de Yoyo. Malheureusement les remèdes pour cette affection étaient peu nombreux et n'avaient qu'une efficacité relative, néanmoins ils allaient chercher les prescriptions avec l'espoir d'une rapide amélioration.

Le moral ne brillait plus au sein de la famille mais il fallait continuer à se produire malgré tout, et c'est dans cette petite ville qu'ils réalisaient un nouveau spectacle, avec en vedette, Archibald, enfant prodige.

Le premier résultat était encourageant, la prestation d'Archibald très applaudie leur permettait de poursuivre pendant plusieurs jours avant que n'arrive une longue série de mauvais temps avec des pluies, du vent, des orages, de la grêle, perturbant gravement le cheminement des saltimbanques de plus en plus préoccupés par l'addition de tous ces évènements.

Pour se réconforter ils décidaient que l'année prochaine ils partiraient en Provence pour faire plaisir à Yoyo qui souhaitait y retrouver le ciel bleu, le soleil et la chaleur qu'elle avait tant aimés, mais pour le présent l'heure était à trouver quelques emplois pour pallier au manque de rentrée d'argent.

Les hommes allaient de porte en porte pour trouver couteaux, ciseaux, rasoirs et autres objets que Nono, le rémouleur, pouvait affûter sur ses meules.

Margot prenait une place sur chaque marché avec ses fabrications, Yoyo restant sagement dans sa roulotte avec son fils qui s'appliquait à faire ses répétitions de chants et le numéro avec les caniches. Ces activités permettaient d'entretenir les finances de la troupe avant de repartir quand enfin le temps s'améliorait.

Les gens du voyage poursuivaient leur route en cherchant à se diriger vers de petites villes touristiques car les villages de campagne étaient très agréables, certes, mais c'était maintenant la saison des foins et de préparer les terrains pour les prochaines moissons

la majorité de leurs spectateurs était donc aux champs et ne laissait aucune possibilité de loisir.

Les Saltimbanques rentraient plus tôt que prévu au village de Vic car hélas le traitement de ce bon médecin n'apportait pas les résultats souhaités pour Yoyo qui voyait son état s'aggraver régulièrement.

Arrivés sur leur point habituel, les hommes organisaient au mieux leur stationnement pour assurer le plus de confort possible à cette jeune maman.

Elle était très sensible à leur attention, mais se démoralisait pourtant davantage chaque jour à cause de l'inefficacité de ses traitements.

Pour cette nouvelle saison d'hiver Lulu avait décidé d'aller prendre un autre emploi au village, Bébert allait chez son même employeur de bois et charbon, Nono faisait toujours de l'affûtage et du ramonage, Margot les marchés du village, et Yoyo restait à la roulotte sous la surveillance et le réconfort de son fils Archibald très angoissé de voir sa maman souffrir, qu'il comprenait très malade.

Jason essayait aussi de les soutenir et de les réconforter comme il le pouvait en apportant du bon lait frais de ses vaches, de la tome qu'il fabriquait dans son buron, ainsi que des œufs que Yoyo adorait.

La saison s'enfonçait toujours plus chaque jour dans l'hiver qui se faisait déjà relativement froid bien avant que la fin de l'année ne soit arrivée.

Nono avec Archibald et ses cousins préparaient activement les chants de la veillée de Noël, pensant déjà à l'enthousiasme des paroissiens à la découverte de la voix exceptionnelle de l'enfant.

Lorsque arrivait ce merveilleux soir, la troupe familiale se rendait à la messe, mais Yoyo, malgré son très mauvais état de santé tenait à s'y rendre également. Tous voulaient s'y opposer, mais face à sa douleur et sa détermination, ils l'aidaient de leur mieux avec l'ami Jason qui les accompagnait pour la conduire.

A leur entrée dans l'église ils croisaient et saluaient très cordialement le « Monsieur Marin », qui leur avait conter avec tant d'enthousiasme les maisons de caractère de Vic, et une partie de son historique.

Marin avait plaisir à les revoir et disait tous ses encouragements et son soutien à Yoyo pour sa lutte contre la maladie.
A la sortie de cette veillée de la nativité, Marin félicitait vivement le petit Archibald pour son extraordinaire prestation vocale qui réjouissait pleinement l'enfant qu'il était encore.
Yoyo ne pouvait plus participer à la chorale, mais elle était comblée de bonheur de pouvoir prier et entendre son fils, son enfant, chanter d'une voix

aussi extraordinaire les louanges de la naissance de l'enfant Jésus.

Ces chants, cette voix, resteront gravés à tout jamais dans sa mémoire et elle ne cessera de dire sa joie profonde de cette aussi belle veillée.
Ce bonheur sera d'une trop courte durée car au lendemain de ce Noël, Yoyo s'éteignait dans la nuit comme la lumière de la bougie qui éclairait la vie dans cette roulotte où s'épanouissait le bonheur familial.

La dernière semaine de l'année était donc uniquement consacrée à la disparition de la chère Yoyo, épouse courageuse, mère adorée, cousine généreuse, amie dévouée, artiste au grand cœur.

YOYO
ARTISTE SALTIMBANQUE

telle sera l'épitaphe qui ornera très modestement sa tombe, sous une plaque en faïence de Sainte Sarah.
Nono était désemparé, s'accrochait avec amour à son fils, aidé en cela par Margot, Lulu le parrain, le cousin Bébert et l'ami Jason qui ne ménageait pas sa peine pour venir en aide à chacun.
Margot assurait aussitôt son rôle de marraine en se faisant une mère de substitution et en remplissant à elle seule les tâches que ces deux femmes remplissaient chaque jour.

Le dernier jour de décembre ne savait être festif, mais Jason avait préparé une modeste réception dans son buron pour cette famille qu'il appréciait tant.

Nono ne voulait pas participer, mais devant l'insistance de son ami, il acceptait.
Cette très longue soirée se voulait destinée à évoquer et honorer la mémoire de Yoyo, témoigner son réconfort aux malheureux Nono et Archibald aussi fortement éprouvés.

Ainsi se faisait sans enthousiasme le passage à une nouvelle année que l'on se souhaitait plus heureuse.

- A LA MÉMOIRE de YOYO -

Le temps ne s'arrête jamais, alors chacun continuait, le vague à l'âme, à vaquer à ses occupations. Le soir on refaisait la journée, on parlait de Yoyo, du passé, du présent, du futur.

Le futur ? qu'en sera t-il ? Fallait-il continuer la vie de saltimbanques ? fallait-il se sédentariser ?, la question était sans cesse posée et reposée.

Après plusieurs semaines de réflexions, la famille se concertait un soir évoquant les avantages et les inconvénients de chaque idée car ils demeuraient avant tout des Saltimbanques, des Gens du voyage !

Archibald, comme prostré à la fenêtre de la roulotte, dit soudainement, « Maman voulait retourner aux Saintes-Maries-de-la-Mer et partout en Provence en passant par d'autres villages, alors moi je voudrai faire le voyage de maman ».

Spontanément Nono et ses Cousins disaient «Oui Archibald,c'est bien, nous irons aux Saintes et c'est toi qui dira où passer en hommage à maman ».
Le garçon exprimait toute sa joie d'accomplir le vœu qu'il venait de prononcer et qu'il irai prier

très fort pour sa maman devant la statue de la Vierge noire.

Cette décision prise chacun retrouvait de la sérénité et   réfléchissait déjà aux nécessaires préparatifs.

Sans attendre ils disaient vouloir penser à de nouveaux numéros et reprendre dès maintenant toutes les répétitions avec Archibald qui sera la « vedette » des spectacles avec sa voix exceptionnelle et ses brillants numéros avec Black et White, les caniches de Yoyo qui travaillaient toujours avec le même plaisir.

Au premier jour du printemps la troupe attelait les deux «percherons» et prenait la route pour se diriger de nouveau sur les routes du Cantal.

En empruntant ensuite des petites routes ils iraient rejoindre Rodez, puis par les Gorges du Tarn, Florac, Alès, avant d'arriver vers Nîmes et enfin se présenter devant les Saintes-Maries-de-la-Mer.

Ce chemin était choisi par Archibald et son papa.

Sous un soleil printanier les Saltimbanques présentaient leur premier spectacle, qui était encore un spectacle de « rodage ».

Le public de la ville se montrait satisfait et plébiscitait vigoureusement le petit Archibald particulièrement ému et élégamment vêtu dans son nouvel habit d'arlequin que sa marraine

Margot lui avait confectionné pour devenir définitivement son habit de scène.

En présentant le spectacle assuré par le talentueux Archibald, Nono évoquait à chaque séance la disparition de son épouse Yoyo qui précédemment réalisait le numéro avec les chiens et qu'à son décès son fils avait demandé malgré son jeune age à le reprendre tout en y ajoutant l'interprétation d'airs baroques.

Ensuite, ils poursuivaient les routes sinueuses au pas de leurs chevaux en traversant villes et villages et où ils se produisaient selon les autorisations avant d'arriver dans un nouveau et magnifique paysage, les Gorges du Tarn.

Sur ce passage ils ne pouvaient manquer une représentation au sein de l'exceptionnel site qu'offre l'incontournable village de Sainte-Enimie et dans lequel les airs baroques d'Archibald résonnaient plus beaux encore dans ce décor médiéval unique.

Un public conquis demandait aux artistes de rester quelques jours de plus, ce qu'ils acceptaient avec plaisir.

Au fil des jours les routes se succédaient agréablement, le grand objectif se situait maintenant à Nîmes avec ses célèbres arènes avant l'arrivée tant désirée aux Saintes-Maries.

Nîmes se présentait enfin après un déjà long parcours.

En son sein ses extraordinaires arènes, cet amphithéâtre romain construit à partir de l'an 90 après Jésus Christ par l'Empereur Auguste, à l'époque où Nîmes s'appelait Nemausus.

Les Saltimbanques ne connaissaient pas ces pages d'histoire car ils ne savaient toujours pas lire et écrire, mais ils aimaient se faire conter ces enseignements que Bébert interprétait de façon très personnelle et drôle, évidemment, pour jouer avec le public.

Ici la troupe restait installée quelques temps, permettant aux chevaux de prendre un repos bien utile.

Cette installation leur rappelait les spectacles aux arènes d'Arles, adorant se produire devant un monument d'une telle ampleur.

Le public provençal ne tardait pas à venir, il était toujours important et généreux à chaque représentation, Archibald produisant toujours un véritable triomphe.

Cet enfant, malgré la douleur d'avoir perdu sa maman, était heureux de ce voyage qui donnait une pleine satisfaction à la troupe, mais pour l'enfant qu'il était encore, ses applaudissements, ses félicitations, tout cela était dédié à sa mère car ce voyage était le sien, celui de sa mémoire.

Sous le franc et chaud soleil quotidien c'était enfin vers la destination promise que la petite famille se dirigeait. Deux jours plus tard Archibald voyait la mer et disait, « Maman on est arrivé près de Sainte Sarah ».

Au plus vite, la famille sous la conduite de Archibald et de son papa se rendait dans la crypte de Sainte Sarah des Saintes-Maries de la Mer.
Avec son fils qu'il serrait très fort près de lui, Nono déposait un petit bouquet de fleurs blanches au pied de la Vierge noire, et priaient tous très religieusement, à genoux, en appelant à Sainte-Sarah pour le repos et la protection de l'âme de Yoyo.

Archibald versait de nombreuses larmes, mais il était aussi habité du ressenti d'un profond bonheur par la conviction qu'au plus haut des cieux sa maman recevait avec joie ses prières remplies d'amour et de souvenirs heureux.

Le lendemain la troupe annonçait l'ouverture de son premier spectacle à l'heure des premiers retours de la plage.
Les habitants des Saintes connaissant ces saltimbanques venaient nombreux dès l'ouverture, toutefois surpris de l'absence de Yoyo qu'ils avaient connue avant. Comme à chaque fois, Nono faisait part au public de sa

disparition et disait que leur fils Archibald assurait maintenant son numéro avec les deux chiens et qu'une étonnante surprise les attendait.

A l'entrée en scène de l'enfant Archibald, les spectateurs étaient surpris par la prestation du jeune artiste avec sa voix aussi étonnante que merveilleuse, et aujourd'hui encore il recevait une exceptionnelle ovation et une pluie d'applaudissements qui lui vaudront une recette de choix dans son chapeau haut de forme qu'il faisait circuler à la fin de la représentation.

Malgré la douleur qui touchait fortement chacun, les membres de la troupe étaient réjouis de leur accueil et de leur travail qui apportait joie et bonheur.

Ils resteront de nouveau plusieurs jours au village des Saintes avant de repartir vers les destinations aux mille souvenirs qu'avaient laissés les arènes d'Arles et les incontournables villages des Baux-de-Provence et Saint-Rémy-de-Provence.

Sur leur passage ils retrouvaient la manade où ils avaient eu une très généreuse réception, alors Nono décidait d'aller saluer le manadier ravi à son tour de revoir cette famille, mais apprenant la triste nouvelle, il disait toute sa compassion à Nono et Archibald.

De son accueil toujours aussi chaleureux il les invitait de nouveau à se stationner le soir sur la propriété et à partager une bonne gardiane, ce qu'ils acceptaient avec bonheur.

De son côté, Margot, la femme de la troupe, faisait sa provision d'excellents produits camarguais.

Le voyage de cette saison aura été fructueux malgré les circonstances. La sélection des villes réussie, les quêtes généreuses et un réconfort moral bénéfique à tous.

Le retour au Pays d'Auvergne était semblable au précédent, une petite réserve de bon foin au passage pour récompenser les deux vaillants et courageux chevaux qui tiraient ces habitations sur les routes bordées de forêts tapissées des magnifiques bruyères aux couleurs chaleureuses.

Nono et ses cousins n'avaient pas oublié dans ce voyage leur ami Jason pour qui ils avaient mis dans leurs bagages quelques belles bouteilles de vins de Provence qu'il avait sut apprécier, et qu'ils auront plaisir à lui offrir très rapidement.

Ainsi après quelques semaines le voyage prenait fin. Les hommes mettaient les roulottes sous le hangar,= et les chevaux à l'écurie.

Ce petit monde se retrouvait dès lors dans son environnement pour un nouvel hiver qui se déroulera avec les mêmes motivations.

Nono fera les ramonages avant de proposer les affûtages, Lulu fera à nouveau de la vannerie et travaillera si besoin avec Bébert chez le « bois et charbon ».

Margot sera parfois accompagnée d'Archibald sur les marchés avec des clients qui devenaient de belles connaissances, voir même des amis car une réelle confiance, une belle intégration s'étaient établies entre la population et ces artistes inattendus au village.

Pour sa part, Archibald croisera de temps à autre sur le marché celui que l'on appelait « Monsieur Marin » et avec qui l'enfant avait toujours un immense plaisir à parler de la pluie et du beau temps, mais aussi de l'histoire du village, des cols, des volcans, de la montagne, etc...

Au fil des semaines le climat se faisait plus rude, le vent du nord plus fort, le froid plus grand, des brouillards givraient les sapins de la forêt, offrant alors dans les rayons du soleil de sublimes images sur les flans cabossés de la montagne.

Dans son buron, Jason veillait attentivement sur ses animaux et les chevaux confortablement logés dans leur écurie.

Avec ce début de froideur les demandes de livraisons de matériaux de chauffage se multipliaient, Bébert en rajoutait régulièrement, si bien que Lulu devait laisser sa vannerie quelques temps pour prêter main forte à son frère.

Pour Nono les demandes de ramonage se multipliaient également, la qualité de son travail était reconnue autant que sa gentillesse et sa belle voix de chanteur.

Pour satisfaire tous ses clients il devait travailler rapidement pour en satisfaire le plus grand nombre jusqu'au jour où … un accident se produisait.

C'était un très mauvais jour.

Ce matin là il faisait froid, il y avait du vent, ce n'était pas la tempête mais un vent assez violent malgré tout, il tombait une petite pluie fine qui verglaçait, pourtant il fallait aller travailler.

Après avoir fait quelques maisons en campagne, Nono venait ramoner une cheminée sur une propriété de grande hauteur au centre du village.

Il avait fixé très prudemment son échelle plate sur le toit pour accéder au conduit de fumée, il travaillait très attentivement à faire descendre et remonter son hérisson qui grattait les suies sans se rendre compte que cette fine pluie gelait au fur et à mesure sur les tuiles et ses échelles.

Ayant terminé son travail il rassemblait ses outils pour se préparer à descendre et c'est alors qu'il était déséquilibré en se prenant un pied dans une corde, déstabilisant le malheureux ramoneur qui glissait sur le toit verglacé, l'entraînant dans une très grave chute au sol.

Un voisin se précipitait à son secours tandis qu'un autre courait très vite chercher le docteur du village. A son arrivée il ne pouvait que constater le décès du charmant et courageux ramoneur.

Ce drame anéantissait la troupe, son fils Archibald s'effondrait dans un profond chagrin.

Jason venait spontanément apporter son aide en toute amitié à la famille pour prendre les dispositions qui s'imposaient.

Une année plus tard, quelques semaines en moins, Nono rejoignait sa chère Yoyo dans une douleur déchirante de son fils Archibald, près duquel Marin était venu le réconforter et lui exprimer toute sa douleur et sa compassion, car Marin portait une grande marque d'attention pour cet enfant affectueux, timide, mais courageux et volontaire.

Une foule importante accompagnait la victime pour son dernier voyage, apportant beaucoup de chaleur dans le coeur de la famille, cette famille de Saltimbanques, de Gens du voyage que rien ne prédestinait à venir s'installer plusieurs mois chaque année dans le village, mais qui avait su s'intégrer et se faire apprécier de la population par sa discrétion, sa sympathie, son implication dans la vie locale, son dévouement, son talent.

Bébert le plus âgé se proposait d'organiser et de gérer la continuité des activités et de la famille. Il demandait à chacun de réfléchir et proposer des idées pour les temps à venir.

Pour le présent, Margot et Lulu allaient remplir pleinement leur rôle de Marraine et Parrain d'Archibald, devenant ainsi son tuteur, ses mère et père de substitution.

La vie reprenait ses droits, chacun reprenait son activité avec encore plus de courage, de ténacité pour mieux soutenir et aider le petit Archibald, qui, avec un courage démesuré, demandait à ses cousins de préparer les chants de Noël qu'il voulait faire en l'honneur de maman et papa. Ils le félicitaient et travaillaient de suite ces chants avec lui qui sera le chanteur vedette de la veillée.

Pour ces répétitions Jason avait accepté d'apporter sa voix à la petite chorale qui découvrait alors en lui une voix de baryton que lui même ignorait totalement.

Avec ce nouvel élément les chanteurs redoublaient de préparations pour se présenter dignement à la soirée.

Le prêtre exprimait autant sa reconnaissance que son admiration lors de l'ultime exercice sans public.

Le jour venu, l'importante assistance était transcendée par la prestation de la troupe qu'elle applaudissait à pleines-mains une nouvelle fois, et peut-être encore plus fort par la beauté et le courage du petit Archibald dans son habit de scène, que Marin venait féliciter personnellement à la fin de cette extraordinaire veillée de Noël.

A la fin de la cérémonie Jason invitait ses amis à partager un repas pendant lequel ils pourront évoquer leurs chers disparus.

Au soir du dernier jour de décembre qui mettait fin à cette dramatique année, Margot, Lulu, Bébert et Archibald recevaient en toute simplicité leur ami Jason, scellant plus fortement encore leurs liens de solidarité et de sincère amitié.

- L'APRÈS NONO -

Au premier des jours qui seront le ciment de cette nouvelle année, jour des vœux, des souhaits, de joie et de bonheur que l'on offre à ses êtres chers, quels doivent être les mots à présenter à Archibald, quels vœux, quels souhaits lui exprimer? En quel bonheur peut-il croire après avoir perdu ses parents à son si jeune âge, de devoir vivre avec toutes ses peines, toutes ses souffrances avec marraine et parrain pour seule famille et le cousin Bébert.?

Ce bonheur et cette espérance il ira les chercher seul.

Il demandait à sa marraine la permission d'aller à l'église car il voulait offrir ses vœux d'amour à sa maman et à son papa.
Archibald était un enfant pieux, sérieux, sage, alors Margot l'autorisait à s'y rendre seul, ce qu'il faisait aussitôt en courant très vite.
A son arrivée il faisait un tour complet dans l'église à la recherche des statues sans trouver celle qu'il voulait. Il décidait d'un second tour qu'il terminait interrogatif au moment même où un homme entrait et reconnaissait l'enfant seul dans cette église.

Il venait le voir et lui disait « Bonjour Archibald, je te présente tous mes vœux pour que tu affrontes courageusement le temps qui est devant toi, mais dis-moi Archibald pourquoi est-tu seul dans l'église?».

Il lui répondait « mais pourquoi vous me posez cette question, qui êtes vous ? »et le monsieur lui disait « je m'appelle Joseph, j'habite juste à côté, je suis le sacristain, et c'est moi qui ouvre et ferme tous les jours les portes de l'église, je suis un peu le gardien si tu veux, mais je veux aussi te féliciter pour tes interprétations à Noël, c'était merveilleux »

Archibald était rassuré et confiant devant Joseph et lui disait alors, « je cherchais la statue la Vierge noire et je ne la vois pas, je ne vois que la statue de la Vierge blanche, et Joseph lui dit « c'est vrai ici il n'y a pas de statue de Sainte-Sarah, la Vierge noire, il n'y a que des statues de la Vierge Marie, la mère de Jésus, que tu appelles la Vierge blanche, mais pourquoi voulais tu la Vierge noire ?

« Je voulais la Vierge noire parce qu'elle est la Vierge des Gens du voyage et des Saltimbanques et je désirai prier devant elle pour qu'elle dise tous mes vœux à ma maman et à mon papa ».

Joseph continuait le dialogue et lui proposait qu'il vienne prier la Vierge Marie qu'il appelle la Vierge blanche car elle aussi saura présenter à ses parents tous les vœux qu'il prononcera devant elle.

C'est vrai? « oui Archibald, aie confiance en moi comme tu pourras toujours avoir confiance dans la Vierge blanche, elle sera toujours là pour t'écouter, te protéger, exaucer les vœux que tu lui présenteras.

Merci Monsieur Joseph s'exprimait Archibald, qui, dans un profond recueillement se mettait à genoux devant la statue de Marie et priait très longuement avec ses mots d'enfant et ses secrètes pensées.

Il repartait ensuite vers sa roulotte où il vivait avec sa marraine depuis la mort de son papa, réconforté et heureux d'avoir adressé tous ses souhaits, toutes ses pensées du jour de l'an, tous ses mots d'amour à sa maman et à son papa.

Chaque samedi soir suivant, il revenait avec conviction devant la Vierge blanche à qui il contait, pour qu'elle dise à ses parents, tout ce qu'il avait fait au cours de la semaine, ce qui lui donnait beaucoup de satisfaction et de paix intérieure.

Pendant ce temps ses cousins s'interrogeaient sur la suite de leur vie de saltimbanques sans Yoyo et Nono. Quel voyage entreprendre, comment organiser les spectacles, quels numéros pourraient être réalisés, pouvaient il faire chanter Archibald à toutes les représentations, comment faire pour danser le flamenco ? Mille et une questions chaque jour qui demeuraient sans réponse.

Pourtant une décision devait être prise rapidement. La troupe pouvait elle reprendre le voyage, chaque membre devait il conserver un emploi sur place et devenir sédentaire ? Cette réponse là n'était pas connue non plus car les avis changeaient chaque soir, alors que faire ?
Attendre encore un peu, réfléchir encore.

Seule Margot ne se posait pas de question dans l'immédiat, elle allait sur le marché deux fois par semaine vendre la vannerie de Lulu, les broderies de Yoyo étaient épuisées, et lorsqu'il faisait beau, Archibald l'accompagnait en essayant de son mieux d'attirer les clients.

Puis, un jour qu'il était sur le marché avec sa marraine, celui qu'il appelait Monsieur Marin venait vers lui en disant, « Archibald j'ai le plaisir de t'offrir ce livre où tu trouveras de jolis contes et poèmes ».
« Merci Monsieur Marin, c'est très gentil, mais je ne vais pas le prendre, je ne sais pas lire » lui répondait-il.
Comment cela mon garçon, tu ne sais pas lire, quel âge as tu Archibald ?

« Non Monsieur Marin, je ne sais pas lire, ni écrire, j'ai bientôt 8 ans et personne ne sait lire et écrire dans la famille, ça me rend triste car je ne peux pas dire le nom des villages que l'on voit sur le voyage.

C'est vrai que tu es encore jeune lui disait Marin pour le rassurer, mais si tu veux, et si Margot le veut bien aussi, je peux t'apprendre à lire, à écrire, à compter et plein d'autres choses encore parce que je suis un ancien Maître d'école, tu pourrais venir chez moi et je t'apprendrai tout ça pour que tu deviennes un garçon plein de connaissances.

Archibald dans un immense sourire lui disait « oui Monsieur Marin je veux apprendre à lire, à écrire et plein d'autres de choses, comme ça quand on arrivera dans un village je pourrai lire le nom sur la pancarte ».

Margot poursuivait en disant moi aussi je veux bien qu'il apprenne à lire car c'était justement le grand souci de ses parents, mais est-ce que cela coûtera cher demandait-elle ?

Mais non Margot, soyez tranquille, cela ne vous coûtera rien, ce sera un plaisir pour moi de reprendre l'école et d'aider cet enfant que j'apprécie beaucoup, il est tellement gentil, courageux et généreux.

Je suis pressé de commencer disait le futur élève à Marin, alors viens me voir lundi matin à 9 heure et tu resteras chez moi toute la journée.

Mais il lui faudra rentrer à midi observe Margot, non il déjeunera avec moi cela me fera une belle compagnie car je suis seul, j'ai perdu mon épouse depuis quelques années déjà et je n'ai pas eu le bonheur d'avoir d'enfant, donc pas de petits-enfants.

Alors Archibald tu vois cette maison en face et un peu à droite ? Oui Monsieur, eh bien c'est là que j' habite et c'est dans cette maison que tu viendras me retrouver lundi.

« Oui, oui Monsieur Marin », et Margot ne pouvait s'empêcher de dire, mais c'est une très grande maison que vous habitez ?, oui Margot c'est une bien grande maison en effet quand on est seul, et en plus il y a un grand parc derrière avec beaucoup d'arbres et de fleurs.

Sur ces derniers mots Marin s'adressait à son futur élève en lui disant

« à lundi Archibald » et il partait.

Archibald était fou de joie et disait quand je serai grand je serai un monsieur savant comme Monsieur Marin, je le dirai samedi à la Vierge blanche pour qu'elle le dise la-haut à maman et à papa.

Le marché prenait fin, tous deux rangeaient leurs affaires et rentraient à la roulotte avec cette belle information pour Lulu et Bébert.

Lorsque les cousins rentraient le soir, Archibald allaient vite dire à Lulu et à Bébert que Monsieur Marin était un ancien maître d'école et que lundi il commencerait à lui apprendre à lire, à écrire et tout plein d'autres choses.

Lulu, son parrain le félicitait et lui disait qu'il était très content qu'il apprenne tout ça, mais Bébert faisait grise mine en lui demandant pendant combien de temps ça va durer ?

Archibald ne savait pas, alors il disait c'est long d'apprendre tout ça, je vais le faire pendant longtemps.

Bébert demandait à Margot ce qu'elle en pensait.

Elle répondait à son frère qu'il était normal que Archibald sache lire, écrire, compter et qu'il y avait beaucoup d'autres choses à apprendre dans la vie, que c'était le souci de ses parents, qu'il ne fallait pas qu'il soit comme eux à ne même pas savoir lire le nom du village où ils arrivaient.

Mais Bébert s'interrogeait, demandait à sa sœur et à Lulu ce qu'ils en pensaient car dans ces conditions Archibald ne pourra pas partir au voyage et demandait comment ils feraient sans chanteur, qui ferait le numéro avec les caniches, comment faire le flamenco ?

La troupe ainsi diminuée devait elle repartir ? que faire ? Le problème était grave, comment allait se passer la vie pour Archibald s'ils sont partis, à qui le confier ? Eh bien moi je vous le dis, je ne suis pas d'accord, il fait de l'école jusqu'au départ et après il vient avec nous.

Non Bébert s'écriait Archibald, moi je veux aller à l'école, tu vas mettre la roulotte chez Jason et le soir j'irai chez lui puisque le midi je mangerai chez Monsieur Marin.
Non Archibald ce n'est pas comme ça que ça se passera, et le garçon de dire « si c'est comme ça puisque marraine et parrain sont d'accord, c'est eux qui décident, et puis même je le dirai à Monsieur Marin »!

Bébert se mettait en colère en vociférant, « si c'est le gamin qui décide, débrouillez-vous, moi je resterai chez le bois et charbon ».
Lulu reprenait sévèrement son frère en lui disant «Margot à raison, tu n'es pas son père, tu n'as aucun droit sur lui et tu n'interdiras pas à Archibald d'apprendre ce qui nous manque tellement tous les jours.
Ses parents s'interrogeaient pour savoir comment ils pourraient faire pour qu'il apprenne à lire et à écrire, alors respecte les.
Devant Sainte Sarah nous sommes ses parrain et marraine et c'est donc nous qui devons veiller sur Archibald pour son bien en l'absence de ses

parents et prendre toutes nos responsabilités, nous le ferons ! ».

Dans la roulotte la tension était à l'extrême et après un instant de silence total, pesant, Margot proposait, « nous allons nous réunir tous les trois avec Archibald, Marin, et Jason pour réfléchir sur toutes les possibilités à prendre pour que la vie de Archibald continue au mieux pour son plus grand intérêt et qu'il apprenne bien à l'école pour être un garçon instruit, nous, nous arriverons toujours à nous débrouiller ».

Sur un ton particulièrement méchant, Bébert disait à la fratrie,«puisque c'est comme ça on se réunira, le gamin restera ici, mais nous on partira et si ça ne vous convient pas je partirai tout seul ».
La famille restait assez tendue jusqu'au lundi matin où Archibald allait en courant, fou de bonheur chez Marin qui l'accueillait gentiment mais   avec la rigueur d'un maître d'école, chemise blanche au col strictement ajusté par une cravate au nœud imposant, et qui avait revêtu pour la circonstance une longue blouse grise des années passées.
Marin présentait à son élève l'une des pièces de sa maison qu'il avait transformée en véritable salle de classe.

Elle était meublée d'un imposant bureau en bois ciré d'une encaustique fraîchement étendue, d'un tableau noir avec des craies blanches et de couleurs, d'une petite bibliothèque bien garnie et d'un banc-pupitre.

Marin, dans son esprit de Maître, demandait à Archibald de s'asseoir à sa place sur le banc puis lui remettait sur l'instant quelques livres, des cahiers, des crayons pour écrire et pour dessiner, un taille crayon et une gomme.
Archibald en avait plein les yeux, il n'avait jamais vu autant de choses devant lui et se demandait ce qu'il allait bien pouvoir faire de toutes ces affaires.
La réponse viendra très vite car Marin ne plaisantait pas sur le travail.
Il commençait par lui présenter et expliquer que la base de l'écriture était l'alphabet, que chacune de ces lettres composait un mot, comment il fallait prononcer les sons pour chacune d'elles puis comment il devrait les « dessiner » pour les former, en fait pour les écrire.

Pour Archibald tout était découverte, mais qu'est-ce qu'il était heureux et fier d'être assis sur ce banc d'école devant Monsieur Marin qui allait faire de lui un garçon avec plein de savoir.
Monsieur Marin expliquait clairement et paisiblement ce qui était écrit dans le livre et

même que je comprenais rapidement et je répétais après lui bien comme il faut le début de l'alphabet disait Archibald.

Monsieur Marin était très content.

Comme le voulait le Maître, l'école avait commencé à 9heure et à 10h30 il lui disait que maintenant il fallait prendre un temps de pose qui s'appelle une récréation, un moment de détente d'un quart d'heure.

Pour ce premier temps de repos Marin conduisait son élève visiter le parc situé à l'arrière de sa maison.

Dès l'entrée Archibald s'exclamait « qu'est ce que c'est joli » car il y découvrait de grands et beaux arbres qu'il ne connaissait pas ainsi que des plantes qu'il n'avait jamais vues. Marin lui expliquait qu'avec certaines de ces feuilles, fleurs ou racines il était possible de faire des tisanes, des compresses ou des cataplasmes pour soigner des petits bobos douloureux ou des maladies.

Archibald lui disait « Monsieur Marin faudra m'expliquer ça aussi plus tard parce que si Margot, Lulu ou Bébert sont malades je pourrai les aider moi aussi avec des plantes ». C'est très bien mon garçon de penser ainsi, je te reconnais encore dans ta générosité disait Marin, mais maintenant on va reprendre les cours.

Archibald reprenait sa place sur son banc en élève studieux et se concentrait aussitôt sur les lettres de l'alphabet, mais son maître lui disait d'arrêter cela, qu'il ne fallait pas se fatiguer de trop sur le même sujet et maintenant il allait lui présenter les chiffres, leurs formes, comment on les appelle, puis faire des nombres, des opérations et après il saura comment il faut faire pour compter ses sous par exemple.

Oh oui Maître répondait-il dans un large sourire comme ça je pourrai aider Margot et même lui apprendre à compter toute seule, elle sera contente, et le travail des chiffres commençait en sautillant de joie tellement il était heureux, mais Marin le reprenait « maintenant assis on travaille ».

Ce travail ira jusqu'à midi, l'heure du déjeuner. Archibald était ébahi à son entrée dans la cuisine avec tous ses meubles, sa grande cuisinière, sa grande table et puis les belles assiettes et de jolis verres avec un long pied ce qui lui faisait dire « tout est grand et très beau chez vous Monsieur Marin », oui c'est vrai, maintenant tu peux t'asseoir ici pour manger, chez moi il faut dire pour déjeuner le midi, le soir on dit pour dîner, et ici ce sera toujours ta place.

« Oui Monsieur Marin je retiens tout çà » disait l'enfant impressionné par tout ce qu'il découvrait, tout ce qui l'entourait, pourtant il demandait ce qu'il pourrait faire pour aider son Maître pour le repas.

Il lui disait qu'il n'avait rien à faire tout était préparé, alors tous deux se mettaient à table et le garçon appréciait beaucoup le contenu de sa belle assiette, c'est très bon Monsieur Marin.

Merci Archibald c'est gentil, mais je veux te dire que lorsque l'on est tous les deux à table ou dehors, on est plus les mêmes, à l'école je suis le Maître d'école sérieux, rigoureux, mais dehors on est comme si j'étais ton grand-père, donc tu ne vas plus me dire Monsieur, tu vas me dire « Marin » et tu ne me diras pas tu, mais, vous. Oui, Marin, bravo, se disaient-ils dans cet échange cordial.

On pourra parler ensemble, se dire plein de choses tous les deux, se confier nos joies, nos soucis, nos espoirs, se faire confiance pour être heureux et se soutenir.

Oh oui je suis d'accord, on commencera demain disait Archibald, c'est d'accord concluait Marin.

Archibald se délectait d'un riche repas, retirait les couverts puis demandait à laver la vaisselle.

Marin était émerveillé par le comportement de son élève, puis c'était le retour en classe.

Pour reprendre Marin proposait de lui faire la lecture d'une fable après lui avoir expliqué ce qu'était une fable. A la lecture l'enfant était réjoui et lui demandait « je saurai lire comme vous dans les livres après ? » « oui mon garçon tu sauras lire comme moi et je suis certain que tu sauras lire très vite car j'ai déjà remarqué que tu avais une très grande facilité pour observer, comprendre, apprendre, tu es très intelligent ».

« Oh là là vous êtes très gentil Maître, mais oui, je voudrai être savant comme vous », « non Archibald il ne faut pas dire savant, il faut dire instruit, » bien Maître, puis il s'arrêtait.
Il était maintenant 15h, l'heure de la récréation de l'après-midi.
Pour se détendre, tous deux faisaient cette fois une courte promenade dans la rue puis revenait au banc d'école où Marin lui demandait tout simplement de faire un joli dessin avec ses crayons de couleur.
Oh oui Maître il sera pour Margot, je lui offrirait ce soir, ça lui fera plaisir, elle est tellement gentille avec moi.

Ainsi se terminait ce premier jour d'école pour un Archibald comblé de bonheur qui rentrait vers 17h à sa roulotte en sautillant de joie et en chantant pour aller raconter tout ce premier jour d'école à sa marraine Margot qu'il aimait tant.

A son arrivée il lui donnait un baiser comme il aurait aimer donner à sa maman en lui offrant son joli dessin fait de fleurs et d'arbres colorés comme ceux qu'il y a dans le parc derrière la maison de Marin.

J'ai fait tout ça avec des crayons de couleurs que Marin m'a donné, mais il m'a donné aussi des cahiers et des crayons noirs pour apprendre à écrire les lettres de l'alphabet, puis après il m'a fait voir des chiffres pour apprendre à compter des sous par exemple alors quand moi je saurai faire je t'expliquerai comme ça tu pourras toi aussi savoir compter tes sous toute seule, disait un Archibald débordant d'enthousiasme.

Margot lui donnait un baiser maternel, le félicitait et lui disait sa joie de le voir faire de l'école et qu'un jour il deviendrait un homme instruit et important dans la vie.

Merci Margot, mais si tu veux, maintenant je vais te donner un cahier et je vais t'aider comme le Maître m'a montré pour que tu apprennes toi aussi à faire les lettres, à dire comment elles s'appellent, puis après à bien écrire, puis encore après à compter, et toi aussi tu deviendras instruite, tu pourras compter tes sous, et nous serons tous heureux disait pour terminer en enfant rempli d'autant d'émotions que de satisfactions.

Gentiment la marraine se prêtait à ce qui était un peu un jeu, « je suis d'accord et maintenant Archibald c'est toi qui est le Maître d'école ».

« Alors tu prends ce cahier là Margot et tu regardes comment je dessine les lettres, tu vois, tu fais comme ça et quand je serai parti il faudra continuer pour bien apprendre, puis toi aussi tu sauras écrire et lire des mots, comme moi et comme Marin » disait-il dans son langage d'enfant de saltimbanque.

C'est formidable mon filleul chéri, continue, je suis très fière de toi, moi aussi je ferai tout pour t'aider, et très émue elle lui donnait un nouveau et affectueux baiser.

Lulu et Bébert se présentaient dans la roulotte de Archibald à la fin de leur journée et tous deux regardaient leur sœur essayer d'écrire les premières lettres de l'alphabet, les premières lettres de sa vie.

Lulu, le plus jeune, se montrait très intéressé et proposait à son filleul de lui donner une leçon dimanche pour apprendre lui aussi, quand à Bébert, c'était Bébert le réfractaire à tout apprentissage de ce genre en interrogeant « à quoi ça vous servira vos trucs pour faire des numéros, faudrait mieux vous préparer pour les prochains spectacles ».

Ses propos n'étaient pas relevés, Margot continuait à s'appliquer pour faire ses lettres avec son jeune maître totalement ravi et après un long moment de travail il lui disait, maintenant on va s'arrêter pour une récréation, mais il est trop tard alors on va se préparer pou dîner, parce qu'on ne dit pas aller manger, il faut dire pour midi, on va déjeuner, et le soir on va dîner. C'est Marin qui me l'a appris car c'est comme ça qu'on dit dans la grande société.

Quelques instants après, tous deux se mettaient à table et pendant le repas Archibald racontait toute sa journée, son travail, ses récréations, son repas de midi, la grandeur de la maison, la grande cuisinière, la grande table, les belles assiettes et les verres avec un grand pied, puis aussi le grand parc derrière la maison, les grands arbres, chez Marin tout est très grand, il doit être riche disait-il pour finir.

Puis Marin m'a dit que demain pendant le déjeuner on parlera en ami, comme si il était mon grand-père on se fera des confidences, on se dira nos idées, nos pensées, nos soucis, alors moi je lui dirai qu'il faut qu'on se réunisse pour que je continue à faire de l'école, moi aussi j'ai des idées.
Tu as raison mon garçon il faut que l'on s'organise pour qu'on trouve une bonne solution pour ta réussite et ton bonheur. « Oui marraine tu

as raison je t'aime beaucoup et je suis sûr que tu vas tout faire pour moi ».

« Oui sois tranquille, maintenant il est tard, vas te coucher car demain il faut te lever tôt, bonne nuit Archibald ».

Margot allait se coucher après, elle réfléchissait longuement au cours de la nuit à cause du comportement de Bébert, mais elle pensait que le garçon avait déjà lui aussi beaucoup réfléchi et qu'il ne manquerait pas de leur dire un plan bien préparé en secret dans sa petite tête.

Tôt le matin dans la rigueur de l'hiver auvergnat, le jeune écolier marchait joyeusement en direction de son maître qui à 9heure lui disait d'entrer pour aller reprendre sa place. Afin de ne pas refaire comme hier, Marin lui faisait apprendre les chiffres, car disait-il, tôt le matin on apprend mieux que le soir, alors tout au long de ce jour il inversait les apprentissages et en dernière partie des cours il lui remettait un gros livre rempli de très belles images avec toutes les sortes d'arbres, de plantes, de fleurs, de fruits, que l'élève devait essayer de reconnaître et d'associer pour mieux découvrir les plus beaux éléments de la nature qu'il pourra trouver dans les forêts, les montagnes, les prés, partout où la nature fait la vie et la beauté de notre pays

Au cours du déjeuner Archibald faisait part à Marin de ses soucis avec son cousin Bébert qui voulait l'emmener avec la troupe pour un nouveau voyage, mais que lui n'était pas d'accord car il voulait rester pour faire de l'école.

Il disait encore que Margot et Lulu souhaitaient qu'il reste là, mais Bébert s'était mis dans une grosse colère en disant que ce n'était pas à lui de décider, alors sa marraine avait proposé de faire une réunion de la famille avec vous Marin, Jason et moi et décider comment on allait faire avec moi, mais Bébert n'a rien à décider pour moi disait-il encore, ce n'est que Lulu et Margot puisqu'ils sont mes parrain et marraine pour m'aider au cas que je n'aurai plus mes parents et ça ils l'ont promis devant Sainte-Sarah le jour de mon baptême aux Saintes-Maries-de-la-Mer.

C'est parfait Archibald, tu es vraiment un grand garçon, rassure toi je vais t'aider, je suis d'accord pour aller à la réunion, moi aussi je veux que tu restes à faire de l'école parce que tu as de grandes facilités et de grandes capacités, alors tu vas me dire ce que tu as pensé et je vais réfléchir à savoir si tu as raison.

Merci Marin c'est très gentil, je sais que je peux compter sur vous, alors voilà ce que j'ai pensé.

« Si la troupe s'en va je voudrai garder ma roulotte parce que c'est la roulotte de papa et maman et je demanderai de la mettre chez Jason, car Jason il est comme un grand frère pour moi, alors quand je rentrerai après l'école j'habiterai dans ma roulotte. Vous me dites, Marin, que le jeudi et le dimanche on ne fait pas d'école, alors avec Jason on pourrait aller se promener avec notre attelage parce que je voudrai que Athos, le cheval de papa reste chez Jason, il n'est pas à Bébert, comme la roulotte, et puis en plus je pourrai apprendre à Jason à lire et à écrire, il serait content lui aussi, puis encore, de temps en temps j'irai chanter dans l'église, les gens aiment bien, ça leur fera plaisir.

« Mais vous avez dit que le jeudi aussi je ne ferai pas d'école alors je pourrai vous aider à travailler dans le parc pour couper de l'herbe, bêcher, puis tailler les fleurs, les plantes, les arbres ou d'autres choses, ou aider Jason dans son travail avec ses animaux. »

Marin lui dit « mon cher Archibald tu me combles de bonheur, tout ce que tu viens de me dire c'est formidable, tu es vraiment un très gentil garçon, dévoué, plein de charité, je t'aime réellement comme si tu étais mon petit-fils » et il lui donnait même un baiser.

Alors Archibald je te dis tout de suite que je suis totalement d'accord avec tout ce que tu viens de me dire et même si tu vas te promener le dimanche avec ta roulotte en compagnie de Jason, eh bien j'irai avec vous et on ira tous les trois pique-niquer en forêt au lieu que je m'ennuie tout seul, ce sera formidable entre nous ».

« Oui Marin je suis content de vous voir m'aider parce que Bébert il est parfois pas très gentil ».

Nous avons beaucoup parlé, maintenant il faut aller voir nos lettres de l'alphabet et que tu commences à bien écrire des mots avec plusieurs lettres car bientôt tu seras capable de lire dans un excellent livre de lectures que j'ai retrouvé, tes progrès sont si rapides et importants.

Ensuite c'était la récréation et une leçon de dessin avant le retour près de Margot à qui il disait, dès son arrivée, Marin est d'accord pour venir à la réunion et il va beaucoup me soutenir, il est d'accord avec ce que je pense. C'est bien on va parler tous ensemble ce soir répondait Margot interrogative, c'est quoi que tu penses ?

« Je le dirai à la réunion, pas avant » répondait un Archibald qui s'affirmait davantage par l'acquisition de son éducation.

Maintenant c'était Margot qui prenait son cahier et apprenait à dire les lettres puis à les écrire. Elle comprenait parfaitement tout ce que son filleul lui enseignait, et essayait même de lire des noms et des mots qu'elle voyait au hasard.

Elle prenait une grande confiance en elle, et devenait très heureuse en pensant que cette nouvelle situation les aiderait beaucoup dans leurs voyages et leur vie de saltimbanques.

Le soir venu au retour de Bébert et Lulu la décision était prise de faire la réunion dimanche après-midi avec Archibald, Marin, Jason et eux trois.

La discussion s'engageait immédiatement, Bébert, le réfractaire, disait qu'il voulait que la troupe reparte comme à l'habitude début avril, avec Archibald, sa roulotte et son percheron, un point c'est tout.
« Lulu en sa qualité de parrain lui disait qu'il n'avait pas à dire cela, il n'était qu'un petit cousin sans autorité sur lui, qu'il fallait demander à Archibald ce que lui voulait puis entendre tout le monde de la réunion, si non ça sert à rien d'être tous ici ». Margot et Jason se disaient d'accord sur ce point de vue et c'est alors que Marin prenait la parole pour dire : « Soyez sérieux mes amis, regardez autour de vous l'évolution de la vie, du travail, des machines, dans les villes et même dans les campagnes maintenant depuis la fin de la guerre de 1870. »

« Nous sommes là pour aider cet enfant, cet orphelin, ce garçon très intelligent qui apprend tous les enseignements que je lui donne avec une très grande facilité. Il faut l'aider à devenir un homme instruit qui, j'en suis convaincu, saura être dans quelques années un personnage important, capable d'assumer beaucoup de responsabilités avec ses grandes capacités ».

« Alors de grâce, ne brisez pas le destin qui s'ouvre à lui ». Bravo, disait Jason, vous avez bien causé Marin ! mais qu'est-ce que tu voudrais Archibald ? il faudrait le dire toi aussi.

« Oui eh bien voilà ce que moi je voudrais » disait Archibald.

« Moi je veux continuer l'école avec Marin, j'apprends beaucoup et très vite, je connais déjà les lettres de l'alphabet, je sais presque écrire, lire, et même un peu compter, donc il faut que je continue ».

« Marin m'a dit qu'il y avait encore beaucoup à apprendre et moi je veux savoir, j'ai besoin de savoir. Si la troupe part au voyage je veux garder ma roulotte avec Athos, puisque c'était l'attelage de papa et maman, alors c'est à moi, il appartient à personne d'autre.

Je voudrais aussi que ma roulotte soit mise chez Jason qui est pour moi mon grand-frère et le soir j'irai dormir dans ma roulotte, chez lui.

Après, le dimanche je pourrais atteler Athos puis avec Jason on irait se promener sur les routes vers les forêts comme des saltimbanques, puis le jeudi, Marin ne me fait pas d'école, j'aiderai Jason, j'irai garder les vaches et les chèvres dans les prés ou sur les flans de la montagne par exemple ».

Bebert s'écriait « mais qu'est-ce que c'est que ces bêtises là ? tu veux devenir paysan ou rester saltimbanque ? Je ne suis pas d'accord, même si je n'ai rien à dire » !

Marin se précipitait pour expliquer une nouvelle fois à Bébert l'intérêt de donner une bonne éducation à cet enfant au vu de toutes ses facilités et ses capacités intellectuelles car Archibald pouvait être promis à un grand avenir professionnel, un personnage important.

« Bébert, toujours aussi réfractaire disait, « et puis quoi encore » ? mais Margot le reprenait en disant « ça suffit tes histoires, laisse Marin parler » !

Et Marin reprenait en disant « Je vous propose encore mieux que ce que mon brillant élève à dit car j'invite Archibald, si il est d'accord, de rester chez moi du lundi matin au vendredi soir où alors il pourra rentrer chez Jason. Chez moi il aura sa chambre et tout ce qu'il lui faut, il prendra tous ses repas avec moi, il sera comme mon petit-fils, ce petit-fils qu'hélas je n'ai jamais eu puisque je n'ai pas eu le bonheur d'avoir d'enfant avec mon épouse.
Naturellement c'est moi qui vous offre tout cela, je ne vous demande rien d'autre que d'accepter la chance et le bonheur de Archibald ».

D'un concert exceptionnel c'était un « OUI » qui explosait autour de la table sauf celui de Bébert, sans surprise. Archibald, rempli de joie se précipitait pour embrasser chacun en pleurant de joie, même Bébert qui lui disait, « j'ai peut-être eu tort, pardonne-moi Archibald » et lui de répondre, « Oui Bébert, je te pardonne, je t'aime aussi ».

Tous applaudissaient la rencontre qui se terminait ainsi, à la suite de quoi Bébert demandait à son frère et à sa sœur de réfléchir à de nouveaux numéros de spectacles car ils essaieront de faire un nouveau voyage tous les trois dès le début du printemps.
Le calme était revenu dans la famille, la vie reprenait son cours habituel.
Le soir venu, lorsque Archibald était seul dans sa roulotte avec Margot, il disait à sa marraine qu'il était content de la réunion, de rester chez Marin jusqu'au vendredi dans une belle chambre de sa grande maison, de pouvoir beaucoup étudier, puis retrouver sa roulotte, son cheval Athos et le grand-frère Jason pour se reposer à la fin de la semaine.
« Alors » disait-il à Margot, « j'irai samedi dire tout ça à la Vierge blanche pour que maman et papa entendent, ils seront très heureux ». « Tu as raison Archibald, mais il faut arrêter de dire la Vierge blanche, il faut dire la Vierge Marie qui est

Sainte-Marie, la mère de Jésus que tu chantes à Noël ».

« Donc il y a Sainte-Sarah, la Vierge noire et Sainte-Marie, la Vierge blanche que l'on appelle aussi la Sainte Vierge ou la Vierge Marie ? » interrogeait Archibald.

« Voilà, c'est bien, tu as tout compris » lui répondait la marraine.

Le lendemain Bébert allait chez le bois et charbon, Lulu restait à la roulotte pour faire ses objets décoratifs et utilitaires. Margot faisait de la broderie, Archibald repartait à l'école et Jason dans sa petite ferme faisait ses travaux quotidiens et ses fromages.

La vie en sera ainsi chaque jour. Le soir Margot reprendra son cahier pour son éducation de l'écriture, de la lecture et des chiffres avec son filleul car ses progrès sont aussi grands que son bonheur.

Elle est tellement heureuse de pouvoir faire toutes ces choses auxquelles elle ne connaissait rien et apprendre à son frère Lulu, alors que Bébert semblait de plus en plus intéressé par cette activité en déclarant « peut-être qu'au prochain retour j'essaierai ça avec vous, mais pour le moment il nous faut préparer nos représentations, on est bien d'accord, et ils répondaient « Oui Bébert, on te l'as dit ».

Alors ils travailleront comme avant en reprenant leurs entraînements et le moment venu ils partiront pour un nouveau voyage aux destinations imprévues, comme aux résultats incertains, mais ils poursuivront dans leur vie de Saltimbanque, de Gens du Voyage, de Gens libres et heureux comme ils se définissaient toujours.

- UN AUTRE TEMPS -

Ce lundi matin Archibald embrassait très fortement sa marraine, son parrain et son cousin Bébert, car ce matin les Saltimbanques prenaient une route que l'enfant ne voulait pas connaître mais qu'il souhaitait bonne avec de jolis succès.
Quelques larmes coulaient sur ses joues, les séparations sont toujours douloureuses, pourtant il était heureux d'aller prendre sa pension chez Marin en qui il avait une très grande confiance, tant dans l'homme que dans sa conviction de faire de lui un personnage important.

Archibald s'installait à l'heure précise sur son banc mais alors qu'il allait prendre son cahier de devoirs, Marin avait ajouté aujourd'hui un enseignement supplémentaire, les leçons de morale et d'instruction civique. Il apprenait dans cette matière le respect et l'aide que l'on doit apporter à chacun sans distinction de race, de religion, de fortune ou de quelques raisons que ce soit. Il apprenait également l'organisation et la vie de la commune, des députés et des sénateurs, ces gens qui font et votent les lois, qui dirigent le pays, la république, etc...
« C'est compliqué tout ça disait l'élève, oui répondait le Maître mais il faut que tu possèdes

toutes ces connaissances, tout ce qui fait la vie de tous les jours et bien comprendre que rien ne se fait tout seul.

Lorsque l'on prend une décision il faut savoir la mesurer et en assumer toutes la responsabilité et les conséquences pour devenir un homme sérieux et respecté ».

Ensuite reprenaient les cours habituels en panachant toujours l'ordre des leçons, puis au fur et à mesure il y avait de nouveaux exercices, de nouveaux livres, de nouvelles matières, de plus en plus difficiles qui demandaient beaucoup d'attention, d'efforts, de volonté car Marin voulait qu'il apprenne beaucoup et vite.

Son souhait était de le conduire rapidement vers une importante formation afin d'exercer de hautes et brillantes responsabilités.

Le soir venu, après le dîner, Marin lui présentait sa chambre, et quelle chambre !

 « Oh Marin, comme elle est belle, je n'ai jamais dormi dans un grand lit comme ça, des tapis par terre, de jolis tableaux aux murs, je vais être un roi dans votre maison ». « Non, Archibald tu ne seras pas un roi, je veux seulement que tu sois un enfant heureux disait-il à son hôte ».

« Je vous remercie Marin, vous êtes tellement gentil avec moi, je vous souhaite une bonne nuit, à demain ».

Le lendemain il faisait sa toilette dans une belle et grande salle de bains, une baignoire, une jolie vasque en marbre posée sur un meuble de style Louis XV, un grand miroir, il se disait être dans un autre monde, lui qui n'avait connu que sa roulotte, sa toilette avec un petit seau d'eau, il se répétait que Marin devait être très riche.

A l'issue du petit déjeuner il faisait un bref tour dans le parc et venait reprendre les cours du jour que son maître avait préparé.

Il commençait par la leçon d'instruction civique, ensuite il y avait calcul, récréation puis lecture et écriture.

Arrivait alors l'heure du déjeuner que la dame avait préparé car chaque matin, une dame que Marin appelait une « Gouvernante », venait pour faire les travaux d'intérieur ainsi que la préparation des repas qui étaient toujours riches et excellents.

Ce jour là, Marin reprenait les cours de l'après-midi avec un livre qu'il n'avait pas encore vu et qu'il appelait un livre de géographie.

Encore une chose de plus à apprendre disait-il.

Marin lui présentait les premières pages en lui disant que dans ce livre il allait découvrir toute la France, mais aussi les pays du monde entier.

Il se passionnait aussitôt sur ce nouveau sujet car il le faisait voyager dans des pays qu'il ne pouvait connaître et dans toutes les régions, comme un saltimbanque, et il revoyait même des images de la Provence qui lui procuraient un immense plaisir.

Le cours allait jusqu'à l'heure de la pause où il se rendait avec Marin dans le parc observer les plantes et les fleurs car le temps était beau, le ciel bleu jusqu'à l'horizon.

Au retour c'était le dessin que le Maître avait décidé de faire afin de lui expliquer les méthodes pour bien réaliser différents motifs.

Ce temps de travail prenait fin à 17heure et Marin lui offrait un goûter en disant qu'il avait fait un tel travail aujourd'hui qu'il méritait cette collation.

Il ne comprenait pas toute cette belle et grande vie qui se présentait à lui, lui, ce fils de Saltimbanques, de Gens du Voyage qui ne cessait de penser aux difficultés souvent importantes qu'ils rencontraient dans la troupe où parfois ils étaient mal reçus, mal vus, sans considération, et qui aujourd'hui à ses yeux ressemblaient à une vie de misère, pourtant ils se disaient être des gens heureux, ou peut-être le pensaient-ils seulement !

Maintenant il pouvait se détendre, il avait le droit d'aller se reposer dans sa chambre, d'admirer le décor qui l'entourait, de réfléchir, de penser à papa et maman ; et Margot, Lulu, Bébert, où étaient-ils ? Faisaient-ils de bonnes représentations ? Quels étaient leurs numéros de spectacles ? Est-ce qu'ils gagnaient assez d'argent pour bien manger comme lui ? Toutes ces questions étaient sans réponse mais il pensait très fortement à eux, il souhaitait qu'eux aussi puissent être heureux autant que lui, il comprenait encore mieux à ce moment combien il les aimait tout simplement !

Le dîner était à 19heure, il savourait ce nouveau repas et après avoir retirer les couverts, il marchait dans les rues du village en compagnie de Marin qui lui commentait à l'occasion quelques découvertes.
Chemin faisant, Marin lui apprenait qu'il allait mieux équilibrer son emploi du temps, à savoir, les cours seront du lundi matin au mercredi midi, puis du jeudi matin au samedi midi jusqu'à la mi-juillet.
A cette date il sera mis en vacances, il pourra se reposer et alors rester chez Jason jusqu'à la fin du mois d'août et l'aider si besoin à faire ses foins, sa moisson ou quelques petits travaux.

La semaine terminée, Archibald retrouvait son « grand-frère » au buron avec un même plaisir, il allait caresser son cheval Athos, visitait sa roulotte d'un air un peu désabusé en pensant à sa chambre luxueuse chez Marin.

Pendant le repas du soir il contait à Jason toute sa semaine d'école qui lui demandait beaucoup d'efforts. Le Maître voulait qu'il reçoive le plus rapidement possible le maximum d'instruction, mais il lui contait aussi la beauté de sa chambre, la grandeur de la maison, les très bons repas préparés par une dame, elle s'appelait Juliette, qui venait tous les matins faire le ménage et la cuisine, que cela devait coûter cher.

Jason n'en croyait pas ses oreilles, « ah oui il doit être riche pour vivre comme ça disait-il, mais tant mieux, je suis content que tu connaisses cette vie car je pense moi aussi que tu deviendras un homme important après ».

La nuit venue Archibald allait dormir dans le lit de sa roulotte, ce n'était pas le confort de sa chambre, mais qu'est-ce qu'il se trouvait bien malgré tout. Il pensait encore et toujours à ses parents, ses cousins qui étaient quelque part sur la route, puis s'endormait dans un profond sommeil.

A son réveil le lendemain matin, par un très beau temps il proposait à Jason d'atteler son « percheron » pour partir se promener toute la journée avec la roulotte, si c'était possible, ce qu'il acceptait aussitôt.

Ce fut une très belle journée, tous deux étaient ravis, Archibald était rempli de bonheur car au fond de son coeur, et dans son esprit, il était encore un enfant de Saltimbanques, un enfant du voyage.

Le lundi venu il reprenait son chemin d'écolier poursuivant ainsi sa vie et ses études jusqu'aux vacances promises par Marin, excellent et brave instituteur à ses yeux.

A la veille du 14 juillet le Maître annonçait « Archibald, aujourd'hui ce sont les vacances ».

Archibald remerciait et embrassait avec une vive reconnaissance son instituteur qui le félicitait d'avoir autant travaillé pendant les six mois qui venaient de s'écouler et qu'il pouvait être fier de lui car déjà il maîtrisait l'écriture et assez bien la lecture ainsi que le calcul.

Il partait alors vers le buron, mais avant de rentrer, Archibald allait dire à la Vierge Marie sa joie d'avoir appris tant de choses et qu'il fallait que ses parents en soient très heureux.

Pendant ce temps de repos il accompagnait beaucoup Jason, il gardait les vaches et les chèvres, il respirait les subtiles odeurs des foins, il admirait le doré des champs de blé et autres céréales que Jason cultivait pour ses animaux, il se détendait pleinement car son « grand-frère » ne voulait pas qu'il travaille aux champs.

Quant ils avaient quelques heures, tous deux faisaient un petit voyage sur ces routes de leur joli pays d'Auvergne.

Un jour Archibald avait même proposé à Marin de les accompagner lors d'une sortie, ce qu'il avait accepté avec beaucoup de joie.

Pour remercier son élève et Jason de cette généreuse attention, Marin avait fait préparé à sa gouvernante un copieux repas champêtre que tous trois partageaient dans une forêt de plus de cinquante hectares dont Marin était le propriétaire. Il profitait de cette visite pour guider le garçon et Jason vers de magnifiques chênes et sapins, ainsi qu'un exceptionnel mélèze qu'il leur décrivait dans une multitude de détails.

Pendant ces sorties ils ne manquaient jamais de chanter de leurs voix si différentes quelques belles chansons en leur merveilleuse harmonie.

Ils pensaient même à préparer les chants pour la prochaine veillée de Noël et créer une véritable surprise dans le village avec les choeurs qui seront assurés par la petite troupe qui alors sera de retour pour la saison d'hiver.

- RETOUR de VACANCES -

Le premier jour de septembre Archibald reprenait son chemin de l'école avec encore plus de joie, d'enthousiasme que celui qu'il avait connu en janvier dernier.

A son arrivée Marin l'attendait dans la même situation, le même état d'esprit, et tous deux étaient ravis de se retrouver.

Ils reprenaient sans attendre leurs mêmes places, disposant livres et cahiers en bon ordre, sauf que le Maître présentait encore quelques nouveautés de livres pour compléter le programme d'enseignement défini pour un objectif précis.

Archibald accusait réception de ces nouveautés avant de demander s'il y aurait encore d'autres choses à venir. Il était rassurer quand Marin lui disait « non maintenant tu as tous les éléments de ton programme pour les deux ou trois années à venir qui te conduiront vers un haut niveau d'instruction ».

« Deux ou trois années ? » reprenait l'élève, « Oui mon garçon, deux ou trois années ! », et le travail commençait par la leçon de morale puis une page de lecture avant de reprendre le cahier d'écriture. Ensuite quelques opérations de calcul pour vérifier si Archibald avait travaillé un peu sur ses sujets pendant ses vacances. Marin était vite rassuré à sa plus grande satisfaction, appréciant le sérieux et la mémoire de son élève.

Venait alors la première récréation où le Maître et l'élève rendaient visite au parc.

Le travail se poursuivait, les matières étaient revues progressivement afin de se reconditionner au mieux avant d'aborder les nouveaux sujets qu'allaient être les conjugaisons, les accords des mots, des verbes et des sujets, les rédactions de textes, la nature et l'histoire de France, l'histoire de l'art et de l'architecture, et quelques autres petites surprises.

Le premier soir du retour de vacances arrivé, Archibald retrouvait sa grande chambre aux murs décorés de jolis tableaux signés de peintres très connus, sa belle salle de bains, son grand lit.

Là, l'enfant pensait encore que Marin devait-être riche pour avoir une si grande maison avec deux étages, de si beaux tableaux et tant d'autres choses qui coûtaient très chères et qu'un saltimbanque ne pouvait pas acheter.

Il ressassait de nouveau les difficultés que ses parents avaient souvent connues pour bien nourrir la troupe et peut-être qu'aujourd'hui il en était de même pour Margot, Lulu et Bébert malgré tous leurs efforts, alors que lui vivait comme un petit bourgeois, un enfant qui recevait une importante éducation par des cours personnels généreusement donnés par un homme rencontré au hasard d'un stationnement de Gens du voyage, sur sa route infinie de saltimbanque, d'enfant du voyage, pour qu'un jour il devienne un homme important.

Les semaines passaient lorsqu'au cours d'un déjeuner, Marin disait à Archibald que le facteur des Postes lui avait remis quelque chose pour lui. Il regardait la chose et découvrait avec stupéfaction, et bonheur, qu'il s'agissait d'une carte postale d'un petit village que sa chère marraine Margot lui avait envoyée en lui disant, du mieux de son écriture, qu'ils allaient bien malgré que le voyage n'était pas facile.

Archibald était rempli de joie et d'émotions, lui qui avait un peu appris l'écriture à Margot savait elle aussi écrire même maladroitement, des mots et que pour faire cela elle avait du faire preuve de beaucoup de courage, de volonté, et travailler durement dans sa roulotte.

Il se rassurait qu'ils se portent bien malgré les difficultés auxquelles il avait fortement pensé et qui semblaient hélas bien réelles.

Marin était ravi et fier de son élève qui avait su transmettre son savoir mais celui-ci disait que c'était grâce à l'instruction qu'il avait reçue qu'il avait pu transmettre cette éducation à Margot et que cette fierté lui revenait.

Arrivait ensuite les cours d'histoire.

Marin aimait cette matière que son élève allait découvrir totalement car dans la famille personne ne connaissait ce genre d'évènements.

Il apprenait alors l'histoire de France, l'histoire de la France depuis la préhistoire jusqu'au temps présent en passant par l'invention de l'écriture en l'an 3500 avant Jésus Christ, la naissance de Jésus Christ, qui était devenue l'an1 de notre temps, mais Marin voulait l'instruire en premier lieu sur l'histoire de l'école en France et ainsi il lui disait :

« La guerre de 1870 est terminée depuis près d'une quinzaine d'années maintenant avec la chute du second empire de Napoléon III, et c'est comme cela qu'est née la 3ème République sous laquelle nous vivons.

Parmi les Ministres de la République il y a un Ministre de l'Instruction Publique et des Beaux-Arts. Il s'appelle Jules Ferry, et c'est lui qui a rendu l'école communale instaurée sous le second empire, en école publique, obligatoire, gratuite et laïque.

Cette instruction est devenue obligatoire pour tous les enfants français et étrangers vivant en France de 3 à 13 ans, toutefois ils peuvent quitter l'école à l'âge de 11 ans s'ils ont reçu le Certificat d'Études Primaires.

Les cours ont lieu tous les jours sauf le jeudi et le dimanche pour permettre à ceux qui le souhaite d'apprendre le catéchisme.

Malheureusement la loi n'est pas ou très mal respectée et les enfants sont toujours très nombreux à travailler à partir de 8 ans comme garçon de ferme, ces fermes devenant alors leur nouveau lieu de vie.

Leur chambre est dans un coin de l'étable aux vaches car il y fait plus chaud l'hiver, et le dimanche matin ils peuvent partir, à pied évidemment, embrasser et revoir leurs parents pour quelques heures.

D'autres enfants travaillent chez des artisans ou font le même métier que leur père. Ainsi ils peuvent eux aussi travailler comme les garçons de ferme, de 5heure du matin à 9heure du soir, tous les jours, sauf le dimanche qui est un jour de repos obligatoire ».

« Mais, disait-il, avant cette loi les enfants pouvaient commencer à travailler dès l'âge de 6 ans et dans les régions minières, beaucoup d'enfants de 6 à 9 ans travaillaient de nombreuses heures par jour dans des galeries difficiles d'accès pour les hommes, ou à pousser des chariots de charbon avec de nombreux accidents, ou alors ils travaillaient en dessous des métiers à tisser pour rattacher les fils qui étaient cassés. Les conditions étaient épouvantables, inhumaines, faisaient beaucoup de handicapés, mais dans les familles il fallait que ces enfants travaillent pour aider les parents à gagner un peu plus d'argent, trop pauvres pour les nourrir ou parfois même travailler uniquement pour leur seule nourriture qui pouvait-être qu'un simple morceau de pain et de l'eau ».

« Alors tu vois, Archibald, ta vie du voyage est parfois un peu rude mais celle de ces enfants de pauvres est bien pire encore, et moi je veux te protéger de ces souffrances, te donner une bonne instruction et une bonne éducation pour que plus tard, si tu as la chance d'avoir des enfants tu puisses leur offrir énormément de bonheur ».

« Merci Marin pour tout ce que vous venez de m'apprendre, merci pour tout ce que vous faites pour moi, me donner tous ces cours en privé, être un maître pour moi tout seul, oui je ferai toujours beaucoup d'efforts pour que moi aussi plus tard je puisse offrir du bonheur comme vous m'en offrez tous les jours ».

« C'est gentil mon garçon. Nous venons de faire un gros travail encore, il fait beau, allons prendre un peu l'air tous les deux».

Au retour l'élève était invité à faire une courte lecture et une leçon de dessin sur les fleurs qu'il avait observées pour se détendre avant que ne se termine cette grande journée d'études.

Archibald recevait son goûter puis rejoignait sa chambre.

Allongé sur son lit il pensait très fortement à cette leçon d'histoire qui l'avait profondément marqué et mesurait la chance inimaginable qui s'était présentée dans sa vie.

Après son repas du samedi, Archibald partait vers son église dire ses mots à l'intention de ses parents, toutes les connaissances qu'il avait reçues avant d'aller retrouver Jason au buron.

Mais après avoir conté sa semaine devant la Sainte-Vierge il chantait un petit cantique de sa voix si particulière. A sa plus grande surprise il était alors interpellé par Joseph, le sacristain de la paroisse, qui lui disait que son épouse Juliette avec quelques autres paroissiens aimeraient chanter avec lui et la petite troupe à la veillée de Noël, s'il le voulait bien.

Archibald était très surpris et répondait à Joseph que oui ce serait bien si nous étions plus nombreux encore, et que déjà il répétait chaque semaine avec Jason qui lui aussi aimait chanter d'une voix qu'il ne se connaissait pas, pour préparer cette belle soirée avant que sa famille revienne au village. Archibald disait encore « je ne connais pas votre femme mais je connais une dame Juliette qui est la gouvernante de Monsieur

Marin », ce à quoi Joseph disait « eh bien c'est ma femme ».

« Mais pourquoi elle ne m'en avait jamais parlé chez Marin » ? « Parce qu'une gouvernante ne doit pas parler aux invités ».

Archibald regrettait cette rigueur, mais il se rappelait une expression de Marin qui un jour lui avait dit « Il y a le savoir faire, le faire savoir, le savoir vivre et le savoir être », maintenant il avait tout compris.

Arrivé chez son « grand-frère » il contait longuement à Jason tout le déroulement de cette semaine vraiment fatigante pour sa petite tête, et sa rencontre avec Joseph dans l'église qui lui avait appris que sa femme Juliette avec d'autres amis aimeraient chanter avec eux.

Jason lui disait que tous ensemble ils pourraient faire une grosse troupe ce à quoi Archibald répondait que ce n'était plus une troupe mais une chorale qu'il fallait créer et que pour cela il fallait aussi quelqu'un qui connaisse le chant et conduise une équipe.

« J'en parlerai d'abord à Marin la semaine prochaine disait Archibald et puis peut-être aussi au Père Célestin, le curé, si Marin veut bien ».

Jason approuvait tout ça, et tous deux terminaient la soirée avec des pommes de terre cuites dans les braises de la cheminée et de la tome fraîche de sa fabrication.

A la fin du repas Archibald proposait à Jason d'accorder leurs voix pour une répétition mais il demandait à son hôte d'attendre demain car il avait envie d'apprendre à écrire et à lire.
Archibald acceptait aussitôt de l'instruire, ce qu'il fera désormais chaque samedi et dimanche soir. Quand Archibald était en cours chez Marin, seul dans son buron il travaillait comme Margot le faisait dans sa roulotte, à former les lettres de l'alphabet et à les prononcer car lui aussi voulait devenir un homme qui saurait lire et écrire pour être plus important dans la vie, complexé qu'il était déjà par un lourd handicap qui toutefois ne l'empêchait pas de travailler courageusement dans les travaux de sa petite ferme.

Le lundi Archibald reprenait sa route du savoir, le thermomètre chutait sérieusement maintenant, les sommets se couvraient déjà des premières neige, l'automne arrivait.

L'heure n'était plus au rêve, Marin était sur le seuil de l'entrée, le travail allait commencer.

Les cours étaient de plus en plus ardus, mais passionnants.

L'élève ressentait ce savoir le pénétrer avec enthousiasme par cette belle éducation qui le transformait, par cette confiance qu'il prenait chaque jour un peu plus en lui et les possibles capacités qu'il voyait poindre à l'horizon pour un futur meilleur.

Les différentes matières se succédaient à un rythme toujours plus soutenu et il en sera de même jusqu'à la fin de son programme.

Lors du dîner de ce soir là, Archibald s'adressait à Marin en lui disant qu'il avait croisé Joseph, le gardien de l'église qui lui avait dit que son épouse Juliette souhaiterait ainsi que d'autres amis, chanter avec lui et la petite troupe pour Noël ou d'autres cérémonies. Il lui disait encore qu'il serait d'accord ainsi que Jason, mais alors il faudrait créer une chorale et trouver un bon chanteur qui puisse conduire ce groupe.

« Alors je voulais vous demander votre avis avant d'en parler, si vous le voulez bien, au Père Célestin, le curé de notre paroisse.

Marin était stupéfait et répondait, « C'est merveilleux mon garçon ce que tu viens de me dire, je vois là toute la confiance que tu prends grâce à ton instruction, ton sens d'organisation et de responsabilités, évidemment que je suis d'accord pour tout ça car tu vas créer une belle fraternité dans le village avec ces interprétations à la veillée de Noël mais vous pourrez aussi donner des spectacles sur la grande place les jours de fête ».

« Merci Marin, alors maintenant j'irai en parler au Père Célestin et puis nous commencerons à choisir nos chants et nos répétitions, puis bientôt Margot et ses frères vont arriver, on formera une grosse troupe, ce sera formidable ».

Le repas terminé le garçon regagnait sa chambre heureux et confiant dans l'avenir comme il n'avait jamais été.

Quelques jours plus tard, Marin et Archibald allaient voir le Père Célestin et Archibald expliquait toutes ses intentions. Le curé était ravi à l'idée d'avoir une telle chorale dans son église, connaissant la voix exceptionnelle de Archibald. Aussi il disait que dimanche, pendant l'office, il donnerait cette information pour recevoir les candidats aux chants, mais qu'il serait utile aussi d'avoir un bon musicien pour diriger cet ensemble vocal et que pour cela il demanderait à Gustave, son ami ferblantier, qui est aussi le Maire de la commune et très bon violoniste, s'il serait disposé à cette tâche.

Après tous ces propos encourageants, Marin se disait prêt pour guider ce groupe dans l'organisation de spectacles, de concerts et autres animations au village comme dans les villages environnants.
Archibald remerciait du fond du coeur Marin et le Père Célestin pour leur aide généreuse.

Après la messe dominicale, une douzaine de villageois s'inscrivait à la chorale et l'ami Gustave acceptait avec ferveur d'être le chef d'orchestre de ce groupe.

La première répétition préparée en commun par Archibald, Célestin, Marin et Gustave avait lieu deux semaines plus tard dans une salle du presbytère sous la baguette de Gustave que les gens du pays appelaient Tatave, ou Tatave le violoneux, ou encore le violoneux.

Cette première soirée à laquelle participait Jason avec sa belle voix de baryton, se déroulait sous l'oreille et l'oeil attentifs du Père Célestin, de Marin, mais aussi de Joseph qui voyait sa femme remplie de bonheur dans ce choeur de chanteurs qui entourait le petit Archibald, le Petit Saltimbanque, l'Enfant du Voyage, par qui tout était arrivé.

Cette rencontre s'annonçait pleine de promesses, d'espoir et de grands succès à venir.

Les jours se succédaient, toujours plus courts, toujours plus rigoureux, l'hiver était tout proche, puis un soir quelqu'un toquait à la porte de la maison de Marin.

Archibald se présentait pour ouvrir et devant lui Margot apparaissait, n'ayant pu résister au désir de venir serrer son filleul dans ses bras dès leur retour au village.

En la voyant Archibald s'était écrier « Margot » et Marin venait vite, très surpris, pour la rencontrer, échanger d'amicales conversations et dire toute sa satisfaction du comportement de son cher filleul.

Il lui proposait aussitôt d'accorder quelques jours à Archibald pour qu'ils aient le plaisir de se retrouver en famille, ce qu'il acceptait volontiers.

Le lendemain matin Archibald rentrait joyeux au buron et retrouvait sa petite famille dans d'interminables embrassades pleines d'affection.

Archibald proposait à Margot de faire du chauffage dans sa roulotte pour qu'ils s'installent tous les deux comme avant leur départ et son installation chez Marin. Désormais Margot continuerait d'y vivre tout au long de l'hiver.

Tous réunis, la petite troupe racontait son voyage qui avait été difficile, mais Archibald voulait féliciter sa marraine d'avoir aussi bien écrit sur la jolie carte qu'il avait reçue et lui avait fait tellement plaisir.

Bébert et Lulu disaient leur déception du voyage parce que les gens n'étaient plus les mêmes, ce n'était plus le même état d'esprit, la même envie de s'amuser, la même envie de rire de tout et de rien.

Ils disaient avoir le sentiment de vivre dans une autre époque, un autre monde.

Archibald partageait leur avis en disant que la vie évoluait beaucoup à la ville comme à la campagne avec le progrès qui se développait dans l'après-guerre de 1870. C'était l'heure de la mécanisation des matériels agricoles, la modernisation industrielle, l'agrandissement des fermes, des productions plus importantes, des produits nouveaux.

Tout cela il l'apprenait dans les livres que Marin lui donnait, et que le progrès était inévitable.

Les cousins écoutaient attentivement mais remarquaient aussi qu'il disait des mots qu'ils ne connaissaient pas avec tout ce qu'il apprenait.

Il leur disait que le temps actuel était celui que l'on appelle maintenant le temps de « la Belle Epoque ».

La vie était plus riche, les festivités plus nombreuses, les habits des femmes comme celui des hommes étaient devenus très chics, faits dans de magnifiques tissus fabriqués dans de grandes usines où travaillent des centaines d'ouvriers ainsi que de malheureux enfants.

Les Saltimbanques comprenaient mieux alors pourquoi ils voyaient de moins en moins de spectateurs à la ville comme à la campagne, et que de nouveau ils s'interrogeraient sur la suite de leur vie du voyage, de leurs spectacles que certains considéraient déjà d'un temps passé.

Margot disait son bonheur de pouvoir écrire un peu et lire à peu près bien le nom des villes qu'ils traversaient et tant d'autres choses.

Elle demandait au filleul encore un peu d'aide pour avoir une meilleure écriture, mieux lire, et mieux compter. Lulu et Bébert, voulaient aussi apprendre en même temps car Bébert n'était plus un réfractaire, il avait compris combien l'instruction était importante maintenant.

Alors l'élève Archibald devenait le professeur familial chaque fin de semaine avec Jason qui faisait de jolis progrès.

Plus tard dans leurs conversations, Archibald expliquait la création de sa chorale avec le Père

Célestin, Tatave le violoneux, ferblantier mais aussi Maire de la commune, et Marin qui sera le guide du groupe de chanteurs avec Jason, et que tous attendaient la présence de la petite troupe pour de grandes répétitions.

Les cousins étaient réjouis de ce que faisait Archibald et disaient être impatients d'aller répéter dans cet ensemble avec un vrai musicien.

Après le temps de ces quelques journées familiales passé, l'enseignement reprenait pour l'enfant du voyage.

Quand arrivait la veillée de Noël la chorale était parfaitement au point et le Père Célestin n'avait jamais vu autant de paroissiens dans son église archi comble pour voir et entendre la chorale de sa paroisse dont tout le monde parlait, et qu'il en était très fier .

La fin de cette grande messe était marquée par des applaudissements sans précédents, les fidèles félicitaient tous les chanteurs, le violoneux, exprimaient de véritables louanges pour celui à qui revenait l'honneur de la création de cette chorale et la réussite de la prestation.

Une semaine plus tard l'année se terminait avec ses joies, ses peines, ses regrets, et l'espoir que la prochaine soit enfin belle et heureuse à tous.

En ce nouveau mois de janvier Lulu continuait dans sa roulotte la réalisation de ses créations en osier et en viorne qu'il trouvait au long des voyages, Bébert avait repris son travail chez son bois et charbon, comme il disait, et Margot continuait ses marchés.

Cependant Lulu avait été très attentif aux propos d'Archibald sur l'évolution de la société, de la consommation, des gens qui achetaient des belles choses, alors il allait avec sa sœur Margot, proposer ses créations chez des commerçants pour faire plus de ventes et ils avaient même proposé leurs produits chez Tatave le violoneux, le ferblantier chez qui il était possible de trouver mille et un produits.

Le commerçant Gustave trouvait l'idée intéressante, mais le Maire qu'il était aussi proposait à Lulu d'ouvrir une boutique dans un local qui était libre à côté du bistrot du marchand de bois et charbon, ce qui ferait un nouveau commerce au milieu du village.

Après avoir réfléchi au sein du cercle familial, Lulu acceptait de créer ce magasin qu'il appelait « Au Panier Auvergnat ».

Margot réalisait une magnifique présentation en vitrine de ses objets et devenait la vendeuse de cette activité inattendue, devenue rapidement une référence pour la qualité et la variété des réalisations de Lulu.

Mais une question était posée, que faire dans quelques mois, continuer ce commerce ou reprendre le voyage ?

Tous trois avaient compris que le voyage devenait très difficile pour bien vivre, que leurs attractions n'attiraient plus autant, que Archibald restait ici pour continuer ses études, mais il leur était douloureux de quitter leur vie de Saltimbanques.

Ils réfléchissaient longuement, Bebert avait son travail et même toujours un peu plus car son employeur était de plus en plus épuisé par les lourdes charges qu'il fallait porter et livrer chaque jour.

Il gagnait bien sa vie, le commerce était très florissant, alors le plus sage était peut-être de rester à travailler au village chacun dans son domaine pour cette année, et voir ce qu'il en sera à Noël.

Après quelques semaines Bébert, Lulu et Margot disaient à Archibald et à Jason qu'ils renonçaient à un nouveau départ au voyage pour cette année et qu'ils continueront d'aller chanter avec le groupe.

Le garçon éclatait de joie à l'annonce de cette nouvelle, Jason se réjouissait également et disait à ses amis Bébert et Lulu qu'il était prêt à leur donner la main pour faire un quelconque travail malgré le pied bot qui le handicapait depuis sa naissance car il n'avait jamais pu être soigné, ses parents étant trop pauvres.

Rapidement Margot manquait d'un peu de choix et de quantité dans son magasin, ses paniers si utiles en campagne se vendaient beaucoup, mais aussi ses objets de décor étaient rapidement très demandés par la nouvelle clientèle, la nouvelle consommation selon les observations que Archibald leur avait évoquées dans ses conversations.

Alors pour satisfaire les demandes, Jason, qui savait très bien faire les paniers des travaux des champs, venait aider activement son ami Lulu pour sa plus grande satisfaction.

Chacun avait alors son emploi du temps, Archibald à ses cours, Margot à la vente dans son magasin, Lulu et Jason à la vannerie, Bébert au bois et charbon.

L'élève demeurait en résidence chez Marin et chaque jeudi soir la chorale se réunissait pour répéter ses chants de Noël, mais aussi des chants populaires que Tatave proposait en prévision de futurs concerts.

Pour ces prochaines représentations festives, Tatave le violoneux proposait que le groupe recrute son ami et complice des journées de noces, l'accordéoniste Mabel, que l'on appelait Bebel l'accordéoneux.

Il était très bon musicien et tous les deux avec le groupe ils créaient un répertoire avec de grands airs comme Archibald savait faire, mais aussi de nombreuses chansons populaires qui pourraient êtres reprises en même temps par le public.

Marin et les membres étaient entièrement d'accord et une semaine plus tard c'était un groupe exceptionnel qui se réunissait à un premier exercice extrêmement satisfaisant.

Les répétitions s'enchaîneront ainsi au fil des semaines et des mois, et c'était un groupe parfaitement préparé qui allait se produire au village à la première fête du printemps.

Monsieur le Maire, Gustave le violoneux, demandait que l'on donne un nom à ce groupe, et il était proposé, « Les Auvergnats », mais non, ensuite « Les Vicois » refusé aussi par la majorité et c'est alors que Juliette, la gouvernante de Marin proposait en hommage à Archibald et ses cousins « Les Joyeux Saltimbanques ». Sa proposition faisait l'unanimité et le groupe était fier de cette appellation.

Bébert le conteur promettait sans attendre d'animer les représentations avec ses histoires et ses boniments lors des entractes, et Lulu quelques numéros de jonglerie.

Les cousins Saltimbanques retrouvaient à ce moment là confiance, un réconfort, une motivation extraordinaire d'intégration au sein de ce joli village d'accueil.

La fête arrivée « Les Joyeux Saltimbanques » attiraient une foule considérable de toute la région car il n'y avait aucun groupe semblable aux environs.

Pour cette grande première au village, « Les Joyeux Saltimbanques » s'étaient présentés avec les deux roulottes tirées par les chevaux Athos et Porthos.

Après être descendus de leurs véhicules les « artistes » reconstituaient le groupe qui se présentait dès lors avec les flons-flons de l'accordéon de Bebel devant Monsieur le Maire qui avait ceint sa belle écharpe tricolore pour recevoir à la tête de la troupe les Personnalités du jour qu'étaient Archibald, Marin et le Père Célestin.

Monsieur le Maire félicitait chacun des membres pour l'esprit d'amitié et de fraternité qui régnait dans cette charmante équipe par l'idée d'un enfant du voyage qu'il congratulait chaleureusement.

Après ces paroles enthousiastes Monsieur le Maire déclarait « L'enfant du voyage Archibald, Citoyen d'Honneur de la Commune ».

La foule déclenchait un tonnerre d'applaudissements en criant des hourras, des bravos, des vives Archibald, vive les Saltimbanques.

Le récipiendaire profondément ému et touché par cette reconnaissance ne pouvait retenir quelques larmes tout comme Margot, Lulu et Bébert, ainsi que Jason, le Père Célestin, et son maître Marin, encore plus fier de son élève, de cet enfant, de cet Enfant du Voyage.

Un podium réalisé avec deux charrettes à foin, orné de drapeaux et de guirlandes qui voletaient au vent était dressé sur la place de l'église.
Bébert et Lulu « chauffaient » le nombreux public en l'attente du groupe qui montait sur scène avec à sa tête, Bébel l'accordéoneux, et Monsieur le Maire, redevenu Tatave le violoneux.
Les musiciens commençaient par l'interprétation de l'air le plus populaire du moment qu'était la jolie valse « Les Flots du Danube » que le groupe interprétait brillamment avec son chanteur Archibald à la voix de contre-ténor, Jason avec sa voix de baryton, et le « Choeur des Saltimbanques ».
Les spectateurs étaient en extase devant la prestation de ces artistes amateurs, ils en redemandaient et ce concert de printemps continuait jusqu'à tard le soir, n'ayant pas l'habitude de se réjouir de telles distractions et d'entendre d'aussi belles voix, d'aussi belles chansons.

Après un tel succès le groupe était fréquemment sollicité dans les villages environnants pour des animations, des dimanches festifs dans l'esprit de la « Belle Époque ».

Le lendemain chacun repartait à sa tâche dans la joie et la bonne humeur.

Ainsi continuait la vie au village qui se faisait toujours plus dynamique par l'attractivité de ses commerces et le comportement de convivialité, et il était un commerce particulièrement actif, celui de Margot avec les créations et les pièces uniques réalisées par Lulu et Jason dans son temps libre.

Ce regain d'activité venait surtout d'une nouvelle clientèle qui visitait cette belle région, car près de là se déroulait une activité extraordinaire, une véritable révolution industrielle de l'ère moderne faite de fer et d'acier, la construction du Viaduc de Garabit.

Cet ouvrage d'art attirait d'innombrables curieux, car il s'agissait de la première réalisation d'un viaduc ferroviaire, long de plus de cinq cent mètres, haut de plus de cent vingt mètres au dessus des gorges de la Truyère, conçu par l'ingénieur Léon Boyer et réalisé par l'entreprise de métallurgie de l'ingénieur Gustave Eiffel.

La fin de l'année arrivant, satisfaits de leur nouvelle vie avec le Groupe qui leur faisait un semblant de vie du voyage, et des revenus confortables, la petite famille décidait de se sédentariser à Vic pour le plus grand bonheur de l'enfant Archibald.

Avec leur jeune maître ils continuaient leur instruction, conscients du besoin de savoir lire, écrire et compter car avec leur commerce ces connaissances étaient devenues nécessaires et ils en étaient très heureux.

En 1886, l'ingénieur faisait les essais de passage de trains de plus en plus lourds jusqu'à l'ultime mesure avec un train de plus de quatre cent tonnes.

Le constructeur constatait alors qu'après ce passage son œuvre ne s'était enfoncée que de douze millimètres.

L'exploit était confirmé et une nouvelle ligne de chemin de fer était née. Marin offrait à son élève, pour le récompenser de ses efforts et de sa conduite, la visite de cette exceptionnelle oeuvre d'art.

Un autre évènement marquait également cette année 1886, celui où l'enfant du voyage avait onze ans, et que vus les enseignements acquis, Marin décidait de présenter son élève au Certificat d'Etudes Primaires.

L'enseignant ne doutait guère et l'élève Archibald obtenait brillamment son diplôme avec une satisfaction sans égale, largement partagée par le maître, les cousins, Jason et les proches du Groupe de chanteurs.

C'est alors qu'un soir la vie de l'enfant du voyage allait prendre un autre tournant, un autre visage.

A la fin du dîner Marin félicitait encore Archibald et lui disait qu'il aurait besoin de rencontrer ses parrain et marraine, car il souhaitait qu'après son Certificat d'Etudes il entreprenne autre chose, ce à quoi Archibald disait « oui bien sur, j'ai onze ans, mon Certificat d'Etudes Primaires, donc j'ai le droit de ne plus aller à l'école, je peux aller travailler dans une entreprise, mais Marin disait « Non, Archibald, j'ai mieux à te proposer, écoute moi bien ».

« Tu sais que je suis très fier de toi, tu es un garçon gentil, courageux, volontaire, généreux, tu as une large ouverture d'esprit et de maturité, alors nous allons nous parler sans barrière, en toute franchise, en toute vérité comme deux vieux amis ».

« J'ai eu plaisir à te donner toute cette éducation, mais je ne suis pas un ancien maître d'école comme tu le penses, j'aurai aimer être instituteur seulement mes parents ne voulaient pas. Je suis un ancien notaire et j'avais donc succédé à mon père lorsqu'il avait cessé d'exercer dans son Etude. Pour assurer cette charge j'avais eu le privilège de suivre des études dans un lycée parisien de grande renommée et je souhaiterai que tu ailles dans cet établissement pour devenir dans quelques années un personnage important en responsabilités, je sais que tu le peux, que tu en as les capacités, voilà le vœu que je formule maintenant » pour toi.

« Mais Marin vous ne pensez pas sérieusement à tout cela s'exclamait le garçon, comment pourrai-je faire pour aller à Paris dans ce lycée, je ne connais pas Paris, où irai-je habiter, me nourrir ? ». Aucun de mes cousins ne pourrait payer toutes ces charges et je ne le voudrai pas car ils ne sont pas riches, non il ne faut pas penser à cela, j'irai travailler à la tannerie de la rue des Tanneurs à Aurillac, ça sera bien ».

« Mais encore, vous dites que vous n'étiez pas Maître d'école, et bien dites-donc, vous avez pourtant été un excellent enseignant avec toutes vos connaissances, et il y a peut-être même des Maîtres d'école qui ont moins de savoir que vous car pour être notaire il faut vraiment connaître beaucoup de choses ».

« Encore Merci Marin, j'aurai toujours beaucoup de respect et de reconnaissance pour vous qui avez tellement fait pour moi, sans vous je ne serai toujours qu'un petit saltimbanque, un enfant du voyage, un enfant sans avenir, un enfant sans domicile fixe».

« Maintenant Archibald il nous faut convenir d'un rendez-vous avec Margot, Lulu et Bébert afin de prendre la décision pour te faire un bel avenir, disons samedi soir, j'aurai plaisir à les inviter au dîner, tu iras leur dire demain».

« D'accord répondait Archibald, mais comment faire tout ça ?, bah je verrai bien »

L'enfant saluait Marin et montait à sa chambre, interrogatif et songeur, sa nuit était perturbée, aller à Paris, comment pourrait-il se débrouiller dans une ville aussi grande, aussi importante, puis l'heure du sommeil faisait son œuvre, mettant fin à toutes ses inquiétudes.

Le soir de l'invitation arrivé, les cousins se présentaient à la résidence où ils n'étaient jamais venus, découvrant alors le milieu confortable dans lequel vivait leur filleul. Ils voyaient cette chambre où vivait leur cousin, impressionnés par le luxe et le confort.
Au cours du repas les conversations étaient extrêmement cordiales, sereines, Marin souhaitant connaître plus de leur vie de Saltimbanques, de Gens du Voyage, des joies, des soucis, très touché par cette vie.

Arrivait le but de la soirée, Marin expliquait tout, comme il avait fait avec Archibald.
Les parrain, marraine et Bébert étaient très réservés car ils étaient inquiets de savoir

comment payer ces études, vivre à Paris, faire les voyages.

Marin leur disait ; « C'est très simple, je connais bien le lycée j'y avais fait mes études de notaire, j'irai accompagner Archibald pour son premier voyage en train à Paris et son installation au pensionnat.

Je sais qu'il sera capable de se conduire seul progressivement dans ce milieu et qu'il vous surprendra rapidement ».

« Je suis conscient que votre préoccupation doit être le financement de ce projet, alors soyez rassurés, si j'ai fait cette proposition c'est que je m'engage à financer, moi-seul, l'ensemble des coûts des études, de la pension et des voyages en train car j'ai les moyens de le faire.

Je vous ai déjà dit que je n'avais pas d'enfant, pas de petits-enfants, et je considère chaque jour Archibald comme un véritable petit-fils, voilà pourquoi je souhaite réaliser ce vœu pour un bonheur partagé car Archibald est digne de ma confiance ».

A l'unissons tout le monde applaudissait et disait « Merci Monsieur Marin, vous êtes tellement généreux, nous sommes d'accord pour cet enseignement à Paris, oui, Archibald sera quelqu'un de grand dans la vie ! ». Marin les remerciait alors d'avoir accepté sa proposition.

Le lendemain l'enfant allait tout dire à la Vierge Marie, il la remerciait pour sa bienveillance, sa protection, la transmission de ces importantes nouvelles à ses parents Yoyo et Nono.

Il interprétait du fond du coeur un exceptionnel Avé Maria. Joseph, le sacristain qui était à proximité le félicitait pour sa merveilleuse interprétation, sa gentillesse, son amour d'autrui, son dévouement à la chorale et tout le bonheur qu'il avait offert à son épouse Juliette avec sa participation.

Quelques jours plus tard lors d'une répétition, le groupe était informé que Archibald les quitterait pour aller étudier à Paris par les bonnes grâces de Monsieur Marin mais qu'il les accompagnerait aussi souvent qu'il lui sera possible.

La grande saison était arrivée, Archibald était en vacances.

Il partageait alors son temps à la ferme près de Jason, ou avec Margot dans son beau magasin d'objets d'usage et de décor.

Il y avait beaucoup de travail aux champs, c'était le plein été, mais des festivités avaient lieu malgré tout dans les villages voisins et le groupe « Les Joyeux Saltimbanques » était très sollicité pour la plus grande satisfaction de Margo et de ses frères saltimbanques nés.

Cette saison de fêtes, de chants et de durs labeurs les conduira jusqu'à l'automne où le départ de

Archibald sera pour chacun le début d'un autre temps.

- ARCHIBALD et PARIS -

Le grand jour était arrivé, le départ à Paris était réalité.

Marin conduisait fièrement son élève Archibald en le tenant d'une main pour mieux le rassurer vers la gare de Vic-sur-Cère en service depuis 1868.

Pour ce départ vers un tout autre voyage, Archibald était accompagné de sa famille autant angoissée que réjouie, et lorsqu'ils se présentaient sur le quai, ils découvraient « Les Joyeux Saltimbanques » qui avaient préparé une aubade exceptionnelle pour saluer le courage et le départ à Paris de cet enfant, en route pour un grand espoir d'avenir.

Archibald et Marin émus à l'extrême ne pouvaient retenir quelques larmes d'angoisse devant une telle marque de sympathie. L'enfant du voyage revivait à cet instant dans son for intérieur les encouragements qu'il recevait du public lors des spectacles des saltimbanques au cours de leurs voyages.

A l'approche du train les embrassades se succédaient et lorsque les voyageurs montaient à bord sous les flons-flons de l'accordéoneux, le

Père Célestin donnait à Archibald une bénédiction pleine de grâce et de protection pour son séjour aux fins de hautes études dans la capitale.

Le chef de gare envoyait le signal, la locomotive donnait un puissant coup de sifflet pour saluer le public, puis le train s'éloignait répandant son panache ondulé de fumée noire comme une main qui s'agitait en signe d'au revoir.

Archibald avait le visage fermé. Il regardait les paysages défiler par la vitre de la voiture de première classe, se remémorant les paysages qui défilaient également lorsqu'il les regardait par la fenêtre de sa roulotte.

Le voyage était un peu long mais Marin savait toujours apporter un commentaire sur des sujets que son élève découvrait au fil du tracé de cette ligne de chemin de fer qu'il empruntait pour la première fois.

Arrivés en gare parisienne le garçon s'écriait « mais elle est immense on va se perdre ». Marin le rassurait en lui disant soit tranquille tout va bien se passer, regarde bien autour de toi, regarde tous ces magnifiques bâtiments de quatre ou cinq étages, admire leur architecture, c'est ce qui s'appelle des immeubles « Haussmanniens », c'est à dire qu'ils ont été conçus et construits dans le style voulu par le Baron Haussmann.

Il avait été un haut fonctionnaire, Préfet de la Seine sous le Second Empire, Homme politique et Député.

« Oui c'est très beau, magnifique, très chic, on ne peut pas imaginer tout ça si on ne le voit pas avec nos yeux » disait Archibald.

Ce sont des constructions réalisées uniquement avec des matériaux nobles, des intérieurs raffinés et des décorations avec de nombreuses moulures, mais Monsieur le Baron a fait beaucoup d'autres choses, des créations de rues, de grands parcs avec beaucoup de végétation que tu pourras aller visiter, comme d'autres réalisations que tu découvriras toi même et que tu me conteras dans tes retours en Auvergne.

« Je suis heureux de tes appréciations disait Marin, mais maintenant il nous faut aller rejoindre le lycée qui n'est pas très loin, on va prendre l'autobus, tu ne connais pas non plus, ce sera moins fatiguant avec les valises et tu apprendras à l'utiliser pour te déplacer ou aller en visite quand tu seras seul ».

« Je suis ravi de connaître toutes ces nouvelles choses mais qu'est ce que la ville est grande, qu'est-ce qu'il y a comme mouvement et comme bruit partout, mais je m'habituerai et j'y arriverai comme vous l'aviez fait quand vous étiez étudiant répondait Archibald ».

« Voilà c'est exactement ce qu'il fallait dire, tu vois que j'ai raison de te faire confiance et je suis certain de ta réussite ici, tiens, justement nous arrivons déjà à ce prestigieux lycée annonçait Marin ».
« C'est ça mon école ? interrogeait l'élève ? ».
« Oui Archibald répondait Marin, mais maintenant il ne faut plus dire mon école, il faut dire mon lycée, parce que tu n'es plus un élève, tu es un étudiant ».
Marin se dirigeait pendant ce temps vers l'accueil et il était reçu par le Proviseur qu'il connaissait parfaitement pour être le fils d'un de ses ex-confrères notaire.
Le Directeur d'Etablissement conduisait, après les formalités administratives d'usage, le jeune étudiant à sa chambre du pensionnat où il avait le privilège d'avoir une chambre à deux lits séparée des dortoirs communs.
Certes ce n'était pas sa chambre luxueuse de chez Marin, mais pour une pension elle était particulièrement confortable, n'étant partagée que par un seul autre étudiant, fils d'avocat.

Le soir venu sur Paris, Marin conduisait le garçon pendant plus d'une heure à bord de différents autobus dans les rues de la capitale pour l'amener voir le fleuve qui la traverse, la Seine.

Elle se présentait dans un flot tranquille sous les lumières pâlottes des candélabres, ces réverbères à gaz qui éclairaient les principales rues et monuments de la ville.

Marin invitait son protégé à partager le dîner dans l'hôtel-restaurant de grande classe jouxtant son lycée.

A la fin du repas le généreux Marin remettait une belle somme d'argent de poche pour que le garçon puisse s'offrir quelques petits achats plaisir et son billet de train pour un prochain retour.

Marin restait à l'hôtel avant son retour du lendemain, Archibald rejoignait la pension après avoir embrassé et remercié son bienfaiteur.

Le lendemain le lycéen entrait en cours, son maître rentrait au village comblé d'une très profonde satisfaction.

A son arrivée, Marin allait rassurer Margot dans son échoppe et lui disait les émotions des premières découvertes de son filleul à Paris après avoir fait un excellent voyage en train.

L'entrée dans cette nouvelle approche de cours était un peu perturbante pour le jeune garçon qui était encore d'une taille un peu inférieure à de nombreux autres étudiants, plus âgés que lui, mais Archibald était un enfant du voyage qui savait faire face aux difficultés qui ne sont toujours que passagères, disait-il.

Les études portaient maintenant sur des matières de haut niveau.

Il y avait l'enseignement classique mais aussi de nouvelles matières comme l'art, l'architecture, la philosophie, les lois et règlements, les modes d'expressions, la gestion d'entreprise, les finances, etc.... de quoi remplir les journées de cours et les heures de travail sur soi de retour au dortoir.

Son compagnon de chambre lui était très sympathique, il s'appelait Ursule, il était à peu près du même âge que lui, et faisant les mêmes programmes ils s'entraidaient dans leurs travaux du soir.

L'un et l'autre étaient parfois un peu angoissé, stressé, cafardeux par l'éloignement de leurs proches, mais alors ils faisaient tous deux un tour dans les rues environnantes à la découverte du mode de vie des parisiens, des commerces, des activités, des moyens de transports, de la vie tout simplement, car lui aussi venait de la province, il venait de Normandie.

Les Professeurs étaient agréables, des pédagogues de grande classe, la rigueur était le maître mot de l'établissement d'élite qui se voulait être et qui était véritablement exemplaire. Les cours se succédaient chaque jour de 8h30 à 12h et de

13h30 à 17h, sauf le jeudi et le dimanche comme le prévoyait la loi de Jules Ferry.

Ayant fait plus amples connaissances les deux étudiants se retrouvaient avec des idées et des conceptions de vie très proches. Tous deux étaient assez pieux, admiratifs des arts et des artistes avec des parcours pourtant très différents car Ursule avait fait ses études scolaires dans une école privée où l'enseignement était assuré par des religieux, mais à la promulgation des lois Jules Ferry rendant l'école publique obligatoire, gratuite et laïque, son établissement n'avait plus le droit d'enseigner.

Alors disait-il, ayant terminé ses études primaires, ses parents avaient décidé de l'inscrire dans ce lycée afin qu'il se prépare pour aller vers des études de droit ou d'ingénieur.

Archibald lui disait alors son parcours, ses malheurs de la vie, son enseignement reçu à domicile, en dehors de l'école communale et de la loi Ferry qui à son origine était très mal appliquée dans les campagnes car de nombreux enfants, des huit ans allaient encore travailler dans les fermes, chez des artisans ou dans les usines pour gagner leur pain quotidien.

Alors c'était un ancien notaire qu'il pensait être un instituteur, un homme extraordinairement merveilleux et généreux qui lui avait donné bénévolement toute son instruction.

A l'issue de quelques semaines de vie en commun dans cette pension du lycée, les deux garçons, tous deux enfants uniques, se liaient d'une réelle fraternité, se soutenant mutuellement dans les quarts d'heure plus difficiles.

C'est ainsi que par un dimanche d'automne, ayant pris leurs marques et confiance en eux, ils décidaient d'aller visiter l'intérieur de Paris .
Ursule, qui avait des connaissances culturelles plus évoluées que son ami, proposait à Archibald de se rendre à Montmartre et de visiter la Basilique du Sacré-Coeur .
Archibald ne connaissait pas Montmartre mais était enchanté d'aller visiter le Sacré-Coeur dont il avait entendu parler.

A leur arrivée les garçons étaient subjugués par la beauté naturelle du site, l'ambiance « Belle Epoque » qui régnait, les arbres qui laissaient tomber leurs premières feuilles colorées sur la Place du Tertre où les artistes peintres installent leurs chevalets pour combler leurs toiles des sublimes décors de ruelles, de rues aux murs de multiples couleurs et encore de cette magnifique Basilique trônant au plus haut de la célèbre Butte.
La promenade était très agréable, ils abordaient des artistes peintres ou sculpteurs comme Vincent Van Gogh ou Edgar Degas, mais aussi des anonymes et de futures célébrités, tout cela en

dégustant un formidable « jambon-beurre » au véritable jambon de Paris.

Ils visitaient ensuite dans un profond recueillement le Sacré-Coeur. Ursule y faisait une longue prière, Archibald s'agenouillait devant la Vierge-Marie où après une longue adresse de pensées à ses parents, ses cousins, Marin, Jason, Célestin et ses amis de la troupe, il interprétait un « Avé Maria » d'exception. Son ami Ursule était en extase devant l'interprète et lui conseillait vivement d'exploiter pleinement la beauté et la grandeur de son talent. Archibald le remerciait de son appréciation puis tous deux partaient rejoindre la station afin de prendre l'autobus qui les ramènerait à leur lycée.

Ce fut un très beau dimanche, reposant, réconfortant.

Ils avaient acheté quelques cartes postales de Montmartre, de la place et de la Basilique qu'ils adressaient au retour ; Ursule, à ses parents, Archibald à Margot et ses frères, sans oublier Marin, le Père Célestin et le « grand-frère » Jason.

Ainsi passaient les semaines qui les conduisaient vers la fin de l'année.

Pendant ce temps Margot, Lulu et Bébert continuaient leurs activités avec beaucoup de satisfaction, réfléchissant chaque jour davantage sur la décision qu'ils devraient bientôt prendre, s'installer définitivement ici ou reprendre le voyage et les représentations de saltimbanque ?

En cette attente la petite famille et Jason se rendaient chaque jeudi soir aux répétitions de la chorale qui avait choisi avec le Père Célestin un répertoire d'exception pour la veillée de Noël qu'ils espéraient avec la présence et la participation d'Archibald.

Décembre était désormais arrivé, dans deux semaines ils auront enfin le plaisir de retrouver parents et amis et profiter de vacances largement méritées.
 Pourtant, avant ce retour en Auvergne, Archibald souhaitait réaliser un vœu, visiter la Cathédrale Notre-Dame-de-Paris. Il proposait pour cela à son ami Ursule de l'accompagner, ce qu'il acceptait volontiers. Ils se dirigeaient alors vers ce qui était à leur connaissance, le plus beau monument de Paris. A leur arrivée ils étaient profondément émus par la splendeur de l'édifice, un chef d'oeuvre, la beauté des sculptures, de véritables œuvres d'art, quant à l'intérieur Archibald découvrait une nouvelle fois ce qu'il n'aurait jamais pu imaginer.
Les deux garçons admiraient chaque détail d'architecture, les vitraux aux teintes et traits sublimes, les scènes qu'ils représentaient, et

s'unissaient alors dans une même prière à l'intention de leurs êtres chers.

Le jour des vacances d'hiver était arrivé, chacun repartait dans sa province. Le travail d'études effectué était impressionnant, ce repos était le bienvenu pour chacun. Ursule s'en allait vers sa Normandie, Archibald rejoignait son Pays d'Auvergne qui lui manquait.

A son arrivée à Vic il courait étreindre sa chère marraine Margot et aussi son parrain Lulu qui se trouvait au magasin, Bébert était encore au travail chez son marchand de charbon, puis c'était naturellement chez Marin qu'il se rendait pour l'embrasser et lui conter son travail et ses premières découvertes dans Paris.

Le facteur des Postes avaient bien remis les cartes de Montmartre et réconforter chacun autant que le jeune étudiant le souhaitait.

Quelques répétitions avec le groupe, beaucoup de commentaires sur la vie parisienne, et le chanteur Archibald était prêt pour la grande veillée avec « Les Choeurs des Joyeux Saltimbanques ».

Le Père Célestin, fier de sa chorale souhaitait faire de cette Veillée de Noël, une Messe exceptionnelle à 10heure du soir au lieu de la veillée habituelle de 7h.

Marin Directeur de la Chorale et Gustave le violoneux, étaient pleinement d'accord, Marin proposant même d'aller couper quelques petits sapins dans sa forêt pour décorer la place.

Les choristes aimaient beaucoup l'idée de faire cette messe à 10heure du soir, Archibald précisant « on dit à 22heure à Paris et dans le Grand-Monde, c'est plus clair ! ».

Le soir venu le décor était merveilleux. Les sapins hauts de près de deux mètres, parés de guirlandes étincelantes, illuminées par plusieurs lampions dans les branches aux aiguilles vertes, se dressaient fièrement sur le tapis de neige à la blancheur immaculée qui recouvrait la place du village.

La cérémonie était grandiose, l'assistance sans précédent, de nombreux fidèles étant venus de communes voisines. Tout le monde n'avait pas pu entrer dans l'église car ils voulaient voir et entendre la chorale très connue par la renommée du groupe « Les Joyeux Saltimbanques ».

Les chants étaient écoutés dans un silence d'exception et lorsque le jeune Archibald interprétait seul les couplets de ces chants dédiés au divin enfant accompagné du seul violon de Tatave, le public disait en avoir « la chair de poule » tellement c'était beau à entendre, mais à la surprise générale un autre soliste, en la personne de Jason, excellait à son tour sur un cantique avec sa puissante voix de baryton.

Les fidèles étaient émerveillés et chacun voulait féliciter les choristes ainsi que le violoneux en espérant approcher les chanteurs « vedettes », Archibald et Jason.

Le Père Célestin avait célébré « Sa Messe d'Exception ». Emu aux larmes, il remerciait dans une profonde sincérité, du fond du coeur, l'innombrable assistance, félicitait les Membres de la chorale pour leurs excellentes interprétations, la joie et le bonheur que tous avaient pu apporter à chacun avec cet esprit de fraternité pour fêter la naissance de Jésus.

C'était la dernière semaine de l'année. Les cousins devaient prendre l'ultime décision, rester sédentaires ou repartir aux voyages.

Margot et Lulu étaient très satisfaits de leur commerce, ils avaient même recruté un ancien paysan pour aider Jason à faire des paniers.

Celui qui s'interrogeait était encore Bébert, mais cette fois à cause que son employeur décidait de mettre fin à son activité, épuisé par trop d'années de son rude travail.

Pour cette raison il proposait à Bébert de reprendre son commerce qui fonctionnait très bien, comme il le savait, mais l'intéressé, toujours réfractaire aux nouveautés ne savait prendre de décision. Pourtant les opportunités de développement de l'affaire incitaient Margot et Lulu à convaincre leur frère.

Archibald avec ses connaissances et son sens de judicieuses réflexions faisait comprendre à son cousin l'intérêt qu'il aurait à reprendre ce commerce, qu'il y avait un fort potentiel de clientèle et qu'il devait bien comprendre que contrairement à lui, de nombreux auvergnats qui ne gagnaient que trop peu leur vie dans la région, allaient à Paris et créaient des cafés-restaurant et vente de bois et charbon pour améliorer leurs conditions de vie.

C'est gens, que les parisiens appellent des « BOUGNATS », étaient de plus en plus nombreux et s'étaient même regroupés dans une grande organisation pour être plus forts et plus efficaces.

Ils travaillaient beaucoup et durement, mais ils en avaient l'habitude, et lui Bébert qui savait tout de ce travail devait s'engager dans ce commerce juste à côté de celui de Margot et Lulu et que peut-être il serait possible un jour de regrouper toutes leurs activités pour être eux-aussi plus forts, plus efficaces, et augmenter leur rentabilité.

Bébert était décontenancé par les propos du garçon mais lui concédait une réflexion très intelligente pour envisager une telle perspective.

Margot et Lulu lui demandaient ce qu'il lui fallait de plus pour prendre une décision, car l'activité et la vie de saltimbanques qu'ils avaient eu le plaisir de vivre n'était plus envisageable dans cette nouvelle époque où leurs spectacles étaient maintenant dépassés, que l'on était plus au temps des « montreurs d'ours ».

Bébert accusait la sentence, mais demandait encore à réfléchir.

Noël étant passé il fallait penser au soir de la Saint Sylvestre que l'enfant du voyage allait enfin pouvoir vivre sereinement quand une invitation inattendue était proposée à Archibald.

Ce n'était pas Tatave le violoneux, mais le Maire de la commune, qui souhaitait recevoir à sa table pour la nuit du réveillon, le Citoyen d'Honneur Archibald pour son dévouement, son esprit altruiste et la promotion de la commune qu'il avait réussie au travers de la création de la chorale et du Groupe des Joyeux Saltimbanques.

Monsieur le Maire, joignait à cette invitation Marin, le Père Célestin, Margot, Lulu, Bébert, Jason, et Bébel son accordéoneux pour assurer une véritable ambiance festive de Saint-Sylvestre. Le garçon était très touché par ce témoignage de reconnaissance. La soirée fut très conviviale, les échanges de propos et d'encouragements pour Archibald pour ses études à Paris nombreux, tout comme les questions sur la vie dans la Capitale, les monuments, etc.

Mais une interrogation était posée à Bébert sur la cessation d'activité de son employeur et Monsieur le Maire incitait vivement l'ami Bébert à reprendre ce commerce en tenant des propos identiques à ceux que son cousin Archibald lui avait tenus quelques jours avant.

Prenant son verre à la main qu'il portait au plus haut, Bébert disait : « C'est bon j'accepte de reprendre le commerce, je mets fin à ma vie de Saltimbanque, du Voyage, je reste avec vous, je vous aime ! »

Tous se levaient spontanément, applaudissaient, Archibald embrassait Bébert, en lui disant « bravo, tu as pris une sage décision, moi aussi je t'aime ».

Bébel enfilait les bretelles de son accordéon et interprétait un des plus grands airs populaires du folklore auvergnat que tous reprenaient en choeur et à haute voix, faisant avec plaisir autour de la table une danse traditionnelle de leur si beau Pays d'Auvergne.

Minuit sonnait à la vieille horloge de Monsieur le Maire, l'heure était venue de se souhaiter et de partager les vœux de joie et de bonheur, pour Archibald en particulier qui trouvait enfin en ce dernier soir de décembre un esprit de sérénité bien mérité.

- RETOUR AU LYCÉE -

Ce matin là était un matin comme les autres en ces premiers jours de janvier 1888. L'épais manteau neigeux couvrait encore le sol, le gel de la nuit avec le vent du nord glaçaient encore plus fortement les visages.

Pourtant Archibald marchait sur ses mêmes pas d'autrefois mais aujourd'hui ce n'était pas pour se rendre chez son Maître, mais pour se rendre à la petite gare de Vic afin de prendre le train qui le conduira vers son lycée d'élite parisien.

Le voyage était relativement long, à certains moments il somnolait revivant dans une forme de rêves ses retrouvailles près de sa chère marraine Margot, son parrain Lulu, le cousin Bébert, le « grand-frère » Jason, son soutien exemplaire qu'était Marin, le Père Célestin qui avait eu « sa messe d'exception », Tatave, Bébel, Juliette et tous ses amis de la troupe.

Quelle chance, quel privilège d'avoir rencontré un si bel entourage, connu ces honneurs aussi généreusement exprimés par le Maire de la commune et faire aujourd'hui le retour dans ce merveilleux lycée avec toujours la même générosité de Marin sans qui rien ne serait possible.

Tous ces évènements étaient autant d'encouragements et de motivations pour engranger toujours plus d'instruction, de connaissances, de formations, mais aussi de créer des carnets d'adresses et de relations qui dans le futur pourraient devenir utiles pour des activités professionnelles où d'agréables relations amicales et personnelles.

Arrivé à destination la gare était moins impressionnante que le premier jour, ensuite c'était le même autobus, le ticket poinçonné à la montée puis l'arrivée dans le cadre prestigieux du lycée.
Ursule était déjà là car évidemment son voyage était beaucoup moins long depuis la Normandie.
Après s'être salués et échangés leurs vœux de nouvelle année, ils se racontaient leur retour et leurs joyeuses retrouvailles de famille et amis, la vie quotidienne qu'il fallait leur commenter, les enseignants qui assuraient les cours, les rencontres de différents milieux au sein de l'établissement, les mille et une choses sur leurs premières découvertes dans la capitale, etc..etc… mais maintenant l'heure de reprendre les études avait sonné.

Dans les salles successives les professeurs présentaient leurs vœux aux étudiants en leur précisant que le trimestre serait déterminant pour le passage ou l'exclusion en seconde année.

L'avertissement était donné, chacun savait ce qu'il convenait de faire car l'intransigeance demeurait en chaque matière.

Pourtant chacun avait ses préférences, des choix différents.

Ursule aimait l'enseignement législatif, tout ce qui concernait le droit, les lois et les règlements, il était fils d'avocat, mais il avait une passion sans réserve pour l'art à travers les âges, la matière, le dessin, la peinture, la gravure et la sculpture.

Archibald, fils de saltimbanque, aimait l'art lyrique et la poésie, mais depuis que Marin l'avait emmené voir le Viaduc de Garabit qui avait nécessité jusqu'à mille ouvriers sur le chantier et qu'il avait vu cet invraisemblable assemblage de pièces métalliques prévu de résister une cinquantaine d'années, l'enfant du voyage s'était passionné pour les assemblages, les constructions, les matériaux, les traitements pour leur protection et leur conservation dans le temps.

Il appréciait beaucoup également les questions de gestion financière et de gestion du personnel, lui qui il y a peu de temps encore ne savait pas compter et était analphabète.

Pour approfondir les recherches dans leurs domaines respectifs, ils avaient eu la merveilleuse idée pour se documenter d'aller sur les quais de Seine voir les Bouquinistes dont ils avaient eu connaissance par des étudiants parisiens.

Par un beau dimanche ils partaient vers ces quais et découvraient chez plus d'une centaine de marchands, de vieux livres, mais aussi des livres récents instruisant sur les méthodes de constructions ou de créations artistiques de peintures, de sculptures et autres œuvres. On y trouvait également toutes sortes de dessins, de gravures, de lectures et même des pamphlets sur la politique, la religion, la bourgeoisie, etc...

Tous deux faisaient quelques achats où ils trouveraient de précieux renseignements dans leurs domaines de prédilections avant de s'intéresser à la découverte du jour qu'ils admiraient « Le Pont-Neuf ». Un pont qui porte mal son nom car il est le plus ancien pont en pierre de Paris, comptant douze arches et qui fut construit sous l'impulsion d'HenriIV de 1578 à 1607.

A cet effet on y voit la statue équestre du Roi Henri IV qui était la première effigie exposée en France sur la voie publique.

Que de découvertes en cette sortie dominicale s'échangeaient dans leurs propos les deux étudiants qui rentraient ravis à leur lycée en se promettant d'aller à la recherche de nouvelles surprises.

Les nouveaux édifices qu'ils s'étaient fixé étaient assez récents.

Ils visitaient d'abord celui, qui selon eux, avait une note particulière, « l'Arc de Triomphe », inauguré le 29 Juillet 1836 par le Roi Louis-Philippe 1er. Ce monument, ils disaient vouloir le découvrir en premier parce qu'ils avaient triompher de leurs études comme Napoléon Ier avait triomphé de la bataille à Austerlitz.

Celui qu'ils allaient admirer un peu plus tard était installé sur la Place de la Concorde, c'était l'Obélisque de la Concorde, un monument et une page d'histoire. Cet obélisque, élevé au 13eme siècle avant Jésus Christ par le pharaon Ramsès II devant le temple du dieu Amon à Louxor, avait été offert à la France par le Vice-Roi d'Egypte en 1829, en reconnaissance à la découverte par Champollion du secret des hiéroglyphes en 1822. Son installation avait été terminée en octobre 1836.

Archibald et Ursule étaient en extase devant ce grandiose monument aux spectaculaires gravures millénaires.

C'est ainsi que les deux lycéens enrichissaient leur culture générale et continuaient leurs études avec leurs recherches, leurs réflexions sur le présent et son évolution vers le futur.

Les semaines passaient, puis un jour Ursule recevait un courrier de ses parents qui lui proposaient d'inviter son ami Archibald dont il leur avait tant parlé et vanter toute sa sympathie et son amitié.
Sans hésitation Ursule faisait la proposition à son ami de rentrer avec lui aux prochaines vacances pour passer quelques jours au sein de sa famille à Avranches, en Normandie.

Archibald ayant suffisamment d'argent de poche acceptait l'invitation, tout en étant quelque peu réservé par timidité, mais se disait heureux d'accepter cette invitation, ne connaissant rien de cette région et remerciait vivement son compagnon de lycée et de chambrée.

En attendant ce prochain voyage, les deux garçons retournaient vers les bouquinistes installés sur le haut des quais de Seine en passant par les avenues où se multipliaient les constructions Haussmaniennes que le jeune Archibald aimait énormément regarder et observer pour leur style, leur élégance, leur confort.
Arrivés près des dizaines de vendeurs aux bouquins étalés au sol sur des tapis, ils se

dirigeaient tous deux sur le Pont-Neuf pour compléter leurs informations. Pour cela ils portaient une attention particulière tant sur sa grande largeur que sur sa particularité d'avoir des trottoirs de plus de quatre mètres de large afin de protéger les piétons de la boue et du passage des calèches qui provoquait de nombreux accidents.

Ils « fouinaient » alors parmi tout ce qui était exposé et trouvaient à nouveau quelques « pépites » qui les réjouissaient pleinement de leur sortie dominicale.

Arrivait enfin ce jour très attendu, le départ pour la Normandie. Le voyage qui le conduisait semblait relativement court pour Archibald qui découvrait sur le passage de ce train des paysages de campagne inhabituels pour un auvergnat, même si l'enfant du voyage qu'il était en avait vu beaucoup, mais toujours dans des régions plus ou moins montagneuses.

A l'arrivée à Avranches, le papa attendait son fils et son invité sur le quai.

Ursule faisait les présentations, Archibald remerciait chaleureusement son hôte pour son invitation et son accueil, avant d'être prié de rentrer à la maison où la maman attendait ses jeunes « vacanciers ». Archibald saluait respectueusement la dame qui l'accueillait, dans les formes d'usages que Marin l'avait éduqué car le saltimbanque remarquait aussitôt qu'il était reçu dans une famille de classe, un peu bourgeoise, semblable à Marin, qu'à Paris ils appelaient la bourgeoisie de province.

Les parents de son ami étaient extrêmement agréables, chaleureux, et bientôt interrogatifs sur les multiples sujets qui pouvaient être abordés envers les deux lycéens, car c'était déjà l'heure du dîner.

Ursule présentait ensuite à Archibald la chambre que sa maman lui avait préparée. Comme dans la belle demeure de Marin, tout y était, l'élégance, le confort, la chaleur du lieu.

La nuit lui était reposante mais aussi un peu irréelle, lui, l'enfant de saltimbanque, lui, l'enfant du voyage né quelque part un soir dans un étable au hasard d'une route d'Auvergne, était l'invité privilégié du fils d'un avocat très réputé du Barreau.

Au petit-déjeuner le lendemain matin, le papa les accompagnait et leur disait qu'il n'avait aucun rendez-vous, que son temps ainsi que celui de son épouse leur était réservé.

Tous deux le remerciait de leur bienveillance et de leur gentillesse.

Ensuite Ursule conduisait son ami à la découverte des rues de la ville pour arriver rapidement au jardin public avec son mur de courtine du 13ème siècle, son donjon, puis se présentait alors un véritable belvédère suspendu entre ciel et terre d'où l'on embrassait du regard l'immensité d'une baie.

Archibald était émerveillé par le spectacle qui s'offrait à sa vue et demandait alors ce qu'il pouvait y avoir dans cette masse sombre qu'il voyait au loin dissimulée dans une brume matinale assez épaisse.

L'ami Ursule lui apprenait alors qu'il apercevait là, le Mont St.Michel perdu dans le brouillard de la baie à marée haute.

Fou de joie Archibald s'écriait « Le Mont St.Michel » et prenait son ami dans les bras pour le remercier de l'avoir conduit si près de cette véritable merveille d'art, d'histoire et d'innombrables légendes.

Ursule était ravi de voir autant de satisfaction chez son camarade de lycée et lui disait que ses parents avaient réservés le jour du lendemain pour le conduire à la visite du Mont dans tous ses détails. Il revenait à ce moment sur la beauté de ces lieux qui avaient largement inspirés de nombreux écrivains pour de célèbres poèmes, et tout particulièrement, Victor Hugo et Guy de Maupassant.

Archibald débordait d'enthousiasme à l'enrichissement culturel qu'il engrangeait en l'instant et qui pourtant était encore bien moindre que celui qu'il recevrait dans la visite inattendue de ce mont mythique.

Avant d'effectuer cette visite, Ursule lui contait brièvement la légende la plus répandue sur la création de l'édifice qui dit que « Aubert, évêque d'Avranches aurait vu en songe l'archange Saint-Michel qui lui donnait l'ordre de construire un édifice à sa gloire ».

Ne croyant pas à ce rêve, Aubert n'en faisait rien, mais cette apparition venait une seconde fois, puis une troisième, mais cette fois l'archange appuyait fort sur son crâne, y faisant un important enfoncement dont la marque restera gravée sur son crâne.

Aubert comprenait alors que ce n'était pas un rêve et qu'il devait réaliser sa demande. C'est ainsi qu'en l'an 708, il faisait élever sur le Mont Tombe, un premier sanctuaire en l'honneur de l'Archange.

Après le déjeuner les deux garçons repartaient en ville à la découverte de l'architecture normande, de ses maisons à colombages avec leur ossature en bois et leurs toits de chaume, de ses petites rues pleines de charme, de la Basilique St.Gervais du 17ème, de ses petites places pittoresques aux arbres verdoyants, de ses nombreux ateliers d'artisans à la fabrication d'objets divers et multiples de grande qualité qui rappelaient à

Archibald le travail de vannerie de son parrain Lulu.

Satisfaits de leur après-midi ils rentraient au logis et se préparaient à la grande visite du lendemain.

Il était presque 9 heure à l'issue du petit-déjeuner. Archibald avait regagné la chambre baignée par la lumière d'un franc soleil qui traversait sa fenêtre, dans les arbres les oiseaux sifflaient de bonheur, Archibald piaffait d'impatience quant arrivait une magnifique calèche tirée par deux solides « percherons », tels Athos et Porthos, les chevaux des Saltimbanques, de l'enfant du voyage, d'un temps révolu se disait-il à lui-même. Ursule appelait son ami pour monter à bord avec la famille. Le papa proposait à son invité de s'installer près de lui à l'avant afin de bénéficier au maximum de la vue de la baie, de l'environnement et de la première image qu'il pourra percevoir à son arrivée face au Mont.

Le garçon débordait d'enthousiasme, le paysage était lumineux, à chaque pas des chevaux il admirait un autre point de vue, revivait inconsciemment ses voyages avec son père près de lui à l'avant de la roulotte, mais il était heureux.

Le joyau se présentait à l'équipage. Jamais il n'oubliera cette sublime image du Mont face à lui avec tout là-haut l'archange dans son or éclatant sous la douce lumière matinale qui recouvrait la baie.

Archibald ne savait comment exprimer sa joie, son bonheur, mais le papa d'Ursule le rassurait en lui disant que son émotion exprimait tout son sentiment dans un moment de bonheur partagé.

L'enfant du voyage disait retrouver là devant ses yeux l'image du livre de géographie qu'il avait étudiée avec Marin et que cette rencontre avec le Mont St.Michel aujourd'hui était pour lui aussi importante que celle qu'il pourrait avoir s'il voyait les pyramides d'Egypte.

La visite commençait par un commentaire du papa, il s'appelait Batistin, sa maman Mélie. Maintenant Archibald s'adressera à ses hôtes par leur prénom en y ajoutant Madame ou Monsieur.

Ainsi Batistin disait que ce sanctuaire avait été construit sur un rocher granitique qui s'appelait le Mont Tombe en l'an 708 par l'évêque d'Avranches.

L'architecture témoigne d'un savoir faire de plusieurs générations de maîtres d'oeuvre.

Sur ce site compliqué les travaux durent depuis plus de mille ans.

Le Mont-St.Michel sur lequel des bénédictins s'installaient en 966, et qui appartenait au Duché de Normandie, était prestigieux dès le moyen-âge. Ce sanctuaire a été à tour de rôle, une Abbaye, puis une forteresse, nous verrons plus loin les « oubliettes », ces cachots d'une grande inhumanité, mais il avait été rapidement un lieu de pèlerinage majeur pour les chrétiens de l'occident.

Maintenant Archibald je te laisse regarder tranquillement toutes ces pierres, ces échoppes, les musées et les lieux à visiter jusqu'à l'église du Mont d'où l'Archange St.Michel veille sur toute la baie.

Cette visite était d'un bonheur sans nom, les yeux n'étaient pas assez grands pour tout voir, tout admirer, s'instruire de tout l'historique, puis arrivait la petite mais splendide église Saint-Pierre où chacun souhaitait se recueillir. C'est alors qu'Ursule demandait à Archibald s'il voulait bien interpréter devant ses parents son « Avé Maria » de sa merveilleuse voix.

Le Saltimbanque s'exécutait sans attendre et Mélie ne pouvait retenir son émotion, Batistin était très touché également par ce timbre exceptionnel de puissance et de délicatesse.

La visite aurait pu se poursuivre mais il fallait aussi penser au retour.

Avant cela Batistin invitait chacun à entrer dans le restaurant de renom de la baie « la Mère Poulard », afin d'y déguster une spécialité d'omelette qui commençait déjà à être connue en Europe par les pèlerins qui, arrivant très affamés allaient manger une omelette faite d'oeufs frais et de bon beurre de Normandie.

Après avoir apprécié cette spécialité du Mont d'une exceptionnelle saveur, c'était le retour dans la jolie ville d'Avranches qui terminait cette journée gravée à tout jamais dans la mémoire d'Archibald.

Quelques jours plus tard arrivait le départ pour le retour au lycée et aux belles études.

Archibald exprimait toute sa gratitude à Mélie et Batistin pour ce merveilleux séjour qu'il avait été très honoré de passer près d'eux, et les deux garçons se rendaient prendre leur train.

Au premier soir de leur retour, Archibald s'empressait de rédiger une longue lettre à Marin et à ses cousins pour leur conter son séjour d'exception en Normandie et son inimaginable découverte du Mont St.Michel.

Il leur disait la chaleur de l'accueil des parents de son ami, leur décrivait succinctement la splendeur du Mont et évoquait même la délicieuse omelette qu'il avait mangée au restaurant.

Les études allaient toujours plus en profondeurs comme en difficultés, ce que toutefois ils aimaient bien pour étendre leurs connaissances.

Quelques semaines après l'envoi de ses courriers Archibald recevait une réponse de son protecteur Marin qui le priait d'inviter à son tour si tel pouvait en être son souhait, son ami Ursule à vivre un séjour en Auvergne où il serait héberger avec joie à son domicile.

Deux ou trois jours plus tard c'était Margot qui ayant acquis beaucoup d'assurance dans son écriture lui faisait réponse et se réjouissait du beau voyage qu'il avait fait en Normandie. Elle lui proposait aussi une invitation identique à celle de Marin car elle disait que leur vie était bien meilleure, qu'ils avaient de bons revenus des commerces et qu'ils n'habitaient plus dans les roulottes mais dans la maison du commerce de Bébert.

Elle aimait lui dire qu'ils étaient heureux de leur situation et qu'ils auront plaisir à parler de tout ça ensemble à son prochain retour, que chaque semaine ils allaient aux répétitions du groupe et que « Les Joyeux Saltimbanques » étaient souvent demandés pour animer diverses festivités pour leur plus grand plaisir.

Archibald savourait les propos de sa marraine et pleinement rassuré il invitait Ursule à un séjour dans son Pays d'Auvergne aux vacances de fin d'année scolaire. Ursule n'ayant jamais vu de montagne acceptait avec une grande satisfaction.

La proposition allait bientôt être d'actualité car déjà les deux étudiants apprenaient qu'ils étaient acceptés pour un passage en seconde année.

L'enfant du voyage le faisait savoir sans attendre à Marin car pour confirmer son inscription il devait savoir si Marin acceptait toujours de financer cette seconde année d'études.

Le facteur apportait rapidement la réponse qui lui disait qu'il paierait avec plaisir cette seconde année et que même il espérait qu'il en serait ainsi jusqu'à une troisième année afin d'atteindre le niveau d'études et de connaissances qu'il souhaitait.

Archibald validait alors son inscription ainsi que son ami Ursule, puis un mois plus tard l'étudiant rentrait au village, retrouvant famille et amis avec qui il y aura beaucoup à dire.

Dans ce retour son ami Ursule l'accompagnait pour la découverte du pays d'Auvergne, ses volcans, la montagne, ses fantastiques paysages avec ses cols, ses sommets, ses burons, ses bergers, etc.. Les premières vues de l'environnement surprenaient le garçon des bocages normands.

Marin, l'ancien notaire avait plaisir à accueillir dans sa résidence le fils de l'avocat qui se présentait avec Archibald, félicitant chaleureusement les lycéens pour leurs brillants résultats, récompense de leur travail.

Ils se rendaient ensuite chez ses cousins qu'Archibald embrassait avec bonheur avant de faire les présentations d'usage et d'offrir les souhaits de bienvenue à cet invité.

Archibald lui faisait connaître ensuite son ami Jason, son cheval Athos et sa roulotte de saltimbanque. Il lui disait alors qu'ils prendraient tous deux un jour de repos qu'il mettra à profit pour le conduire à travers le village et lui commenter les constructions et édifices historiques.

Ensuite ils partiraient en roulotte découvrir son « Pays d'Auvergne ».

Ils rejoignaient la maison de Marin pour prendre le dîner qui mettait fin à ce jour de voyage et de rencontres.

Jason avait préparé l'attelage. Il accompagnait, amusé dans un rôle de cocher, les deux amis pour parcourir ces routes de la montagne, mais la calèche du jour n'était autre que la roulotte tirée par le beau percheron où Archibald avait connu sa vie de saltimbanque, d'enfant du voyage.

Ce véhicule amusait beaucoup Ursule dans lequel il n'imaginait que les gens du voyage que l'on appelait chez lui les « nomades » ou les « baladins » à la vie bien différente de celle qu'avait été la sienne.

Archibald avait établi l'itinéraire qui ferai connaître à Ursule un point de vue merveilleux, un panorama d'exception, le « Pas de Peyrol », qui donnait accès au « Puy Mary », un des plus hauts sommets du Cantal à 1783 mètres d'altitude et le plus grand stratovolcan d'Europe.

Athos gravissait de son pas régulier la route sinueuse qui s'élevait dans la montagne, hissant dans ce décor de verdure la roulotte jaune et bleue de l'enfant du voyage. Elle offrait à chaque virage une vision différente sur la Chaîne des Puys d'Auvergne baignée d'ombres et de lumières sous le soleil dominant les plus hauts sommets.

Ursule admirait les paysages qui s'offraient à lui, les vaches de race Salers aux allures bien différentes de ses vaches normandes, tout était découverte, tout était enchantement jusqu'au moment où il franchissait le « Pas de Peyrol », il franchissait son premier col de montagne.

Sa joie égalait la joie de son ami Archibald à la découverte du Mont St.Michel.

Jason se réjouissait de voir ces deux adolescents aussi fraternels, aussi heureux. Le garçon normand lui posait moultes questions sur les animaux, la faune et la flore de la montagne, les conditions de vie à la campagne l'hiver dans ce milieu hostile, aux accès difficiles, et tout ce qui pouvait enrichir sa culture.

Au sommet il remplissait ses poumons de cet air frais et pur, mettait dans une boîte de poche de petits morceaux de roche volcanique qu'il aura plaisir à offrir à ses parents, puis ils marchaient tous les trois en direction du cratère du célèbre volcan, survolant dans son esprit l'immensité circulaire présente à ses yeux.

A l'heure du déjeuner ce n'était pas une omelette que Jason offrait à déguster au bistrot du col, mais un solide « casse-croûte » au véritable jambon sec d'Auvergne qu'Ursule mangeait à pleine dents, appréciant sans réserve cette grande et belle spécialité locale.

Au retour, assis sur le lit de la « maison ambulante », les deux amis échangeaient sans cesse sur les découvertes du jour.

Ursule avaient été fortement impressionné et réjouis par la beauté envoûtante de cette montagne qu'il ne pouvait imaginer aussi belle.

Arrivés au buron, Athos était panser avec grand soin, recevant même une poignée d'avoine de plus, en récompense de sa rude journée.

C'est alors qu'apparaissait Bébert, venu nourrir Porthos, qui faisait la surprise d'inviter chacun à dîner dans leur maison où Marin était déjà arrivé.

Cette soirée était merveilleuse. Margot avait préparé avec tout son talent une « Potée Auvergnate » d'une exceptionnelle saveur que le petit normand ne pouvait connaître, mais qu'il appréciait beaucoup.

La réception préparée par les cousins en l'honneur des étudiants et de la générosité sans limite de Marin était d'une chaleur à la hauteur de l'évènement qu'ils voulaient offrir dans leur première invitation.

La soirée se prolongeait tardivement par tous les commentaires que les garçons devaient apporter afin de satisfaire la curiosité de chacun, puis Marin regagnait sa résidence en compagnie de ses hôtes.

Le jour suivant il y avait répétition des « Joyeux Saltimbanques » en présence de Ursule, mais aussi du célèbre Archibald qui reprenait sa même place au sein du groupe. Là encore Ursule se régalait d'entendre son ami interpréter avec autant de ferveur et de brio, tous ses chants plus beaux les uns que les autres avec violon et accordéon dans une parfaite harmonie.

Ainsi prenait fin le séjour auvergnat d'Ursule.

A son tour le fils d'avocat exprimait toute sa reconnaissance pour le chaleureux accueil et l'excellent séjour passé ici en leur compagnie, promettant de revenir plus tard, puis Archibald accompagnait son ami à la gare en s'échangeant mutuellement d'heureuses vacances avant le retour à Paris.

Archibald rejoignait aussitôt après sa marraine et ses cousins Lulu et Bébert. Tous avaient besoin de se retrouver pour évoquer leur nouvelle vie, leur travail, leurs commerces, le confort qu'ils avaient maintenant, autant par les bons revenus que par le confort de leur habitation.

Bébert se disait très satisfait également. Il avait développé son activité par de nouveaux petits services, entretien de cheminées, maçonnerie, et augmenter ses capacités de stockage de bois et charbon qui le rendait très confiant pour la prochaine saison d'hiver et qu'il devait envisager d'embaucher un nouvel ouvrier.

Lulu n'arrêtait jamais de travailler, surtout en pièces décoratives de vannerie dont la demande était en constante augmentation dans leur boutique comme chez les revendeurs. Jason et le paysan fabriquaient les objets usuels de campagne, mais la demande était importante aussi. Margot disait à ce moment là que leur vie de saltimbanque s'éloignait beaucoup désormais et que même Bébert, le réfractaire, avouait qu'il ne serait pas sérieux de repartir, la vie quotidienne avait trop changé.

Elle disait à son filleul combien ils étaient heureux de savoir compter, lire et écrire, ce qui était indispensable maintenant dans leurs activités, grâce à lui et à Marin, l'homme providentiel pour toute la famille.

Archibald les félicitait pour leur volonté, leur courage, et disait que pendant les vacances il les aiderait à s'améliorer avec des leçons de perfectionnement pour réussir encore mieux tout ce qu'ils faisaient déjà de bien.

Ce temps de congés scolaires il le partagera régulièrement entre eux et la résidence de Marin où sa chambre demeurait.
Archibald profitera de ce temps et du savoir de Marin pour étudier plus profondément les sujets qui lui tiennent à coeur comme la construction, l'architecture, les styles, la gestion financière.
Son maître appréciait tout son engouement à ses études, toutefois sans surprise au vu du perfectionnisme qu'il savait faire preuve.
Marin s'en réjouissait apportant à l'étudiant toute l'aide qu'il souhaitait dans la totale complicité d'un bonheur partagé.

Ses vacances étaient aussi l'occasion de rencontrer chaque semaine le groupe et l'accompagner lors de quelques représentations.
Pourtant l'esprit de la vie de gens du voyage s'estompait au fur et mesure du temps, de son savoir, de ses progrès, de ses relations, d'une société plutôt bourgeoise dont il s'accommodait fort bien.
Les semaines passaient trop vite, l'heure du retour à Paris était proche, il fallait refaire la

valise, dans deux jours ce sera le départ pour une seconde année.

- LE RETOUR A PARIS -

Les Monts d'Auvergne s'éloignaient, la Capitale se rapprochait, il était détendu sur son retour. Archibald avait passé un excellent séjour familial et amical, il avait refait le plein d'énergie pour affronter cette seconde année d'études. Il était conscient que cette année serait difficile face aux risques d'échec, que certaines matières seraient délaissées au profit des matières principales choisies, mais cette situation il l'avait acceptée, il l'avait voulue et disait être prêt pour mener ce combat.

De retour au lycée il retrouvait son ami Ursule avec qui il échangeait de longs moments sur leurs vacances, leurs activités et les joies partagées des visites échangées. Tous deux se disaient impatients de commencer le nouveau programme qui les conduira au succès l'année suivante ou à l'échec.
Les professeurs entraient sans détour, avec la même rigueur, dans les matières principales. Il fallait comprendre et assimiler au plus vite ces enseignements très approfondis car on ne revenait jamais sur un même sujet, mais ces deux étudiants aimaient çà.

Après quelques semaines de reprise des études, les deux amis décidaient d'une visite en ville et ce dimanche ils se rendaient devant un monument emblématique de la République, le Palais de l'Elysée.

Face à l'édifice et toujours soucieux de recherches historiques, ils apprenaient que la domiciliation de la Présidence de la République était à l'origine un Hôtel particulier construit de 1718 à 1722 pour Louis-Henri de la Tour d'Auvergne, comte d'Evreux et de Tancarville pour en faire une demeure de plaisance.

Les garçons étaient satisfaits de leur découverte et continuaient à échanger leurs avis sur le style classique qui avait été choisi tout en parcourant avec intérêt et curiosité la Rue St.Honoré.

Ils poursuivaient avec acharnement, comme les autres camarades, ces cours qui demandaient à chacun énormément d'efforts, mais les deux garçons affichaient leur insoupçonnable volonté de réussite.

Ainsi, quelques semaines plus tard ils se rendaient visiter une autre célébrité, le Panthéon de Paris, au coeur du Quartier latin.

Ce nouvel édifice porté à leur connaissance, est une église de style Néo-classicisme, construite de 1757 à 1790, dont la destination était à l'origine, à vocation ecclésiastique. Ils s'attardaient beaucoup devant ce lieu avant de se rendre à la montagne Sainte-Geneviève et parcourir le Quartier latin, heureux de ce beau dimanche qui terminait ici les visites incontournables de leurs recherches.

Après quelques mois d'enseignement les professeurs attiraient leur attention sur l'intérêt qu'ils pourraient avoir, si possible, à mettre en œuvre par la pratique en entreprises les enseignements qu'ils recevaient au lycée. Pour les étudiants venant de province le sujet était quasiment impossible à résoudre à Paris. Ce souhait restait en points de suspensions, en attente d'un improbable hasard pour Archibald où pour Ursule.

Les premiers jours d'automne arrivaient déjà, le ciel de ce nouveau dimanche était triste dans sa grisaille froide et humide, l'ennui gagnait les deux amis dans leur chambre d'étudiants leur donnant peu l'envie d'étudier. Ursule avait alors une sorte d'idée de génie, de sortie inhabituelle, aller faire un tour au café-concert situé à seulement deux ou trois rues plus loin.

Ni l'un ni l'autre ne connaissait cet endroit, ce genre de distraction où se produisaient de jeunes artistes, genre artistes de rues, imitateurs, prestidigitateurs, chanteurs, mimes, devant un public multiple où l'on y voyait aussi bien de simples passants qui venaient prendre un verre, boire un coup comme ils disaient, que des gens du spectacle à la recherche de nouveaux talents et même des artistes, écrivains, peintres, sculpteurs, industriels de renoms.

Ces clients ne payaient pas d'entrée, l'établissement faisant ses recettes uniquement sur les repas en salle et les consommations des spectateurs.

Face à cette découverte, Ursule disait à son ami Archibald qu'il devrait lui aussi se présenter sur scène, son talent étant nettement supérieur à ce qu'ils entendaient à ce moment là, mais le jeune saltimbanque n'en avait aucune envie. Ils repartaient deux heures plus tard mettant fin à leur soirée morose.

La semaine suivante sous le soleil d'automne ils retournaient Place du Tertre à Montmartre pour revoir les peintres exercer leur art et Ursule s'arrêtait en admiration devant un homme qui sculptait dans une grosse motte de terre d'argile. Ursule engageait la conversation et demandait à son interlocuteur qu'il ne connaissait pas, s'il accepterait de l'instruire d'éléments de bases pour réaliser une sculpture.

Celui-ci lui répondait très gentiment « si tu veux mon garçon viens un samedi à mon atelier, je t'apprendrai la sculpture sur cire, c'est très élégant, voilà ma carte ». Ursule était ravi de cette invitation et lisait sur cette carte, Edgar DEGAS, artiste peintre, sculpteur.

Il était autant ému que stupéfait, cet artiste de si grand talent l'invitait à l'initiation d'un art qu'il souhaitait réaliser. Le retour des deux lycéens était très marqués par la rencontre . L'apprenti sculpteur se rendait à de nombreuses reprises avec le même bonheur chez ce grand « Maître », montrant rapidement une réelle aptitude pour cet art.

De son côté Archibald restait plongé dans ses documentations sur les constructions, mais se passionnait pourtant encore plus sur la gestion, les finances, l'industrie, tout ce qui pouvait contribuer à l'évolution de la vie, du progrès de la société de cette belle époque.

Puis un jour il décidait d'inviter son ami Ursule à dîner au café-concert tout proche, que les parisiens appelaient le « caf'conc».

Ils s'installaient et au cours du repas Ursule demandait au serveur si son ami pourrait monter sur scène pour se produire en chanson.

Celui qui était sur l'estrade causait un tel ennui que le serveur le priait d'arrêter et celui-ci descendait aussitôt sous les huées du public.

Archibald montait alors sur l'estrade dans l'indifférence générale et entonnait dès son entrée un air populaire de l' opéra baroque « Orféo » de Montéverdi. En quelques secondes les bruits de fourchettes comme les conversations à haute voix des clients s'arrêtaient pour mieux entendre cette voix extraordinaire qui emplissait la salle de sa chaleur et de sa douceur musicales. A la fin de son interprétation le public se levait pour couvrir d'applaudissements ce garçon de 1,40m qui venait de régaler de sa voix et de son chant l'assistance qui lui réclamait, encore, encore, encore…

Archibald était rempli autant d'émotions que de satisfactions, revivant dans l'instant les prestations de son papa et de la petite troupe devant le public des Saltimbanques.

Il remerciait de tout son coeur le public à qui il présentait à suivre le célèbre extrait « Nabucco » de Verdi.

Le contenu des assiettes refroidissait car les clients restaient debout autour des tables pour se réjouir au maximum du timbre inhabituel de cet interprète.

Le « patron » venait personnellement féliciter celui qui se présentait pour la première fois sur la scène de son café et lui demandait de reprendre le chant à la fin du service. Archibald acceptait la proposition, le public était informé et l'étudiant reprenait son dîner en compagnie de son ami, fou de joie.

Après le dessert du jour c'était un véritable « tour de chant » que l'ex-saltimbanque entreprenait devant des clients-spectateurs médusés par la valeur artistique de ce garçon. Le patron du café lui proposait de revenir avec ses repas offerts, de même qu'une petite gratification car sa présence serait annoncée à la clientèle. Archibald donnait son accord et se préparait à partir vers le lycée lorsqu'un homme inconnu arrivait vers lui. Il lui adressait ses compliments pour l'émerveillement qu'il lui avait personnellement procuré et lui demandait qu'elle était sa situation. L'étudiant répondait timidement qu'il était en seconde année dans le prestigieux lycée tout proche et son interlocuteur se présentait ainsi en lui disant « Je suis Gustave Eiffel, j'ai vu en vous beaucoup de talents, de courage, de volonté, et si je peux je souhaiterai vous aider ».

Archibald n'en croyait pas ses oreilles et lui disait même « vous êtes le Monsieur Eiffel qui a construit le Viaduc de Garabit, ce chef-d'oeuvre, cette œuvre d'art métallique ? ».

« Oui jeune homme » s'entendait-il répondre, « c'est bien moi qui ai fait cette construction et je vous remercie d'avoir un tel jugement sur ma réalisation, mais dites-moi quelles sont vos matières primordiales dans ce lycée de si grand renom » ?

Au risque de vous surprendre Monsieur, et après avoir visité le Viaduc, car je suis auvergnat, j'ai souhaité m'intéresser sur les types et les styles de constructions, les matériaux, mais je me dirige plus encore désormais vers la gestion industrielle et financière ».

Le Monsieur poursuivait en disant « tu m'intéresses mon garçon et je t'invite dès que tu es disponible à venir visiter mon usine à Levallois-Perret. Je t'emmènerai également voir mon chantier au Champ de Mars où j'ai commencé à construire depuis le 26 janvier 1887 une grande tour en fer, alors quand serais-tu disposé à venir ?

Archibald réfléchissait et proposait que ce soit un jeudi puisqu'il n'y avait pas de cours au lycée et le rendez-vous était pris pour le jeudi de la semaine suivante.

Les échanges d'idées entre Archibald et Ursule étaient multiples, se félicitant des rencontres du jour après celle avec l'artiste Edgar Degas.

Les jours suivants les deux compères informaient leurs professeurs de leurs rencontres avec ces personnalités de haute renommée.

Ils félicitaient chacun de cette exceptionnelle chance qu'ils se devaient de mettre à profit pour mettre en pratique les enseignements reçus en études, et que si cela était nécessaire ils pourraient leur être accordés des aménagements pour effectuer chez ces « Maîtres » ces stages de formation toujours souhaités par le lycée.

Ursule était le premier à entrer en pratique. Il revenait de sa séance d'initiation avec un bonheur sans limite d'apprendre la sculpture avec l'artiste qui délaissait pour un temps la peinture pour se consacrer à la sculpture dont la matière préférée était la cire.

Le jeudi suivant c'était Archibald qui se rendait sur le Champ de Mars où Monsieur Eiffel l'attendait. Le lycéen voyait étalées au sol quantités de pièces de fer aux formes bizarres que des employés assemblaient avec de très gros rivets sur des éléments qui ne ressemblaient en rien à une tour.

Gustave Eiffel présentait le chantier réparti sur une très grande étendue et lui disait qu'il allait construire ici une tour haute de 300 mètres, entièrement en fer et plus précisément en « fer puddlé », c'est à dire un fer décarburé fabriqué à partir de la fonte près de Nancy, comme celui qui avait été utilisé pour le Viaduc de Garabit.

Cette tour, disait-il encore représentera le Pavillon de la France pour l'Exposition Universelle de Paris en 1889 et devrait rester en place pendant quatre ou cinq ans après l'exposition.

Le jeune étudiant était très impressionné par tout ce qu'il voyait, posait des quantités de questions, demandait des précisions sur de nombreux points, réjouissant de son intérêt Gustave Eiffel, qui, à la fin de cette visite lui proposait de se rendre dans l'usine de Levallois.

A son arrivée Monsieur Eiffel invitait Archibald à déjeuner dans un petit restaurant de « bougnat » près de l'usine. Au cours du repas le lycéen se confiait sur son pays d'adoption, l'Auvergne, son origine de fils de saltimbanques, d'enfant du voyage qui avait attiré l'attention d'un homme érudit au village qui se disait maître d'école, mais en réalité était un ancien notaire qui aurait voulu être instituteur, et que c'était lui qui l'avait instruit, avait mis gracieusement à sa disposition une chambre de sa résidence et aujourd'hui finançait la totalité des frais pour ces études.

Gustave Eiffel, ingénieur normalien et industriel connu bien au-delà des frontières avait éprouvé une vive émotion à ses propos et assurait spontanément son invité qu'il était totalement disposé à lui apporter toute l'aide qu'il pourrait avoir besoin maintenant en reconnaissance à sa volonté de réussir et du courage qu'il faisait preuve chaque jour.

L'étudiant le remerciait et lui disait que l'aide la plus importante qu'il pourrait lui apporter serait son expérience industrielle, ses conseils et la formation qu'il pourrait recevoir au sein de son entreprise.

L'industriel était stupéfait par la maturité du jeune homme et lui disait que les portes de son entreprise lui étaient grandes ouvertes.

C'est alors qu'ils se dirigeaient vers les ateliers.

A son entrée dans ce gigantesque bâtiment où travaillait une centaine d'ouvriers, l'étudiant découvrait des éléments de cinq ou six mètres de longueur et Monsieur Eiffel expliquait au jeune passionné que pour construire sa tour, les éléments étaient assemblés dans l'usine parce qu'il fallait « chauffer au rouge » les gros rivets pour les marteler très fortement, ce qui n'était pas possible sur place. Les éléments étaient ensuite transportés sur le Champ de Mars puis reliés entre-eux par un seul rivet pour former la tour selon les plans des architectes

Cette idée de mode de construction est une véritable idée de génie lui adressait Archibald, félicitations Monsieur.

Merci mon garçon répondait Monsieur Eiffel, maintenant allons voir le travail qui se fait dans les bureaux.

Dans ces locaux c'étaient environ cinquante dessinateurs, architectes, qui étaient penchés sur leurs tables à dessin armés de crayons, de kutchs, de compas, d'équerres et autres choses qu'il ne connaissait pas mais le passionnaient vivement car Gustave Eiffel qui était avant tout ingénieur, lui expliquait les plans de la réalisation de cette tour de conception très large à sa base pour se terminer en pointe.

A la fin de tous ses commentaires, le jeune étudiant était invité à devenir stagiaire de l'Entreprise s'il était intéressé afin d'étudier avec les techniciens, les services administratifs et de comptabilité.

Archibald acceptait aussitôt sous réserve de l'accord et des modalités des Professeurs et du Directeur du Lycée, puis il était reconduit jusqu'à son autobus, ivre de satisfactions.

A son retour à la chambre il contait sa journée plein d'enthousiasme à Ursule puis par une longue lettre faisait savoir à Marin et à ses cousins cette inimaginable journée.

Dès le lendemain ses professeurs bénéficiaient du même récit assorti de la demande d'aménagement pour effectuer chaque jeudi les stages de formation que Monsieur Eiffel avait proposés.

Quelques jours plus tard il recevait l'autorisation de se rendre dans cette usine le jeudi pour bénéficier de l'enseignement des ouvriers, ingénieurs, dessinateurs, comptables, etc....ainsi que l'apprentissage de la vie au sein d'une entreprise.

Ursule recevait le même accord pour se rendre chez Edgar Degas.

Les étudiants étaient heureux de bénéficier d'un tel enseignement par des personnalités aussi prestigieuses leur ouvrant ainsi la voie avec de sérieuses références de formations professionnelles.

Archibald se rendait dès le jeudi suivant par le premier autobus à l'usine de Levallois. A son arrivée il se présentait au Directeur qui le dirigeait vers le contre-maître des ateliers afin qu'il s'imprègne du travail manuel réalisé, de la vie en travail d'équipe et de la solidarité qui doit s'y exercer.

Cet apprentissage professionnel il le découvrait progressivement de la base dans les ateliers jusqu'aux bureaux administratifs en passant par les bureaux d'études des ingénieurs et dessinateurs.

Monsieur Eiffel intervenait régulièrement sur les différentes activités qu'il rencontrait pour affiner ses connaissances, et alors que le projet approchait de sa forme aussi surprenante que définitive, l'étudiant prenait connaissance de réalisations à l'étranger comme la Statue de la Liberté à New-York, un Pont à Bordeaux, un Viaduc à deux étages à Viana do Castelo au Portugal, le Pont Maria Pia qui franchit le Douro, à Porto, etc.. De tout cela Archibald était très fier de sa présence dans un tel milieu qu'il fréquentait chaque semaine et emmagasinait une quantité d'enseignements multiples et inégalés.

Au retour en famille et chez Marin à Noël, les sujets de conversations étaient innombrables avec la description de la tour de Monsieur Eiffel.

Revenu à Paris en ce début d'année qui mettra la France à l'honneur avec l'Exposition Universelle qui célébrera en cette année 1889 le centième anniversaire de la Révolution Française,

Archibald se rendait avec Gustave Eiffel sur le chantier du Champ de Mars qu'il n'avait pas revu depuis un certain temps.

Il voyait alors cet extraordinaire montage qui cette fois faisait que tous les éléments constituaient une véritable tour avec ses quatre pieds scellés au carré das le sol.

Elle élançait avec une élégance de star son corps majestueux, d'une beauté sculpturale, couleur Rouge-Venise, vers le ciel qu'elle indiquait par sa pointe en fer, tel un doigt dressé à trois cents mètres de hauteur pour montrer la direction de l'espoir, de la paix, du silence, de l'infini.

Archibald présentait de nouveaux compliments à son nouveau Maître et sa fierté de participer à l'élaboration d'un pareil édifice.

Puis il repartait avec l'équipe de l'entreprise vers les ateliers. Le soir il rejoignait son établissement. Les cours du lycée comme l'organisation de son emploi se déroulaient au fil du temps dans le meilleur des mondes. Deux fois par mois il se rendait au café-concert pour réaliser son tour de chant qui faisait salle comble à chaque récital.

De son côté son ami Ursule progressait régulièrement près de son Maître dont il était très fier lui aussi.

Travaillant ce jeudi à son bureau de l'Entreprise, Gustave Eiffel venait près du petit stagiaire et lui remettait une enveloppe, qu'il lui priait d'ouvrir. A cet instant Archibald vivait encore une vive émotion en découvrant que Monsieur Eiffel invitait pour l'inauguration de sa tour, en avant-première, le 31 Mars 1889, son maître Marin, sa marraine Margot, son parrain Lulu et son cousin Bébert, l'ensemble des frais pour ce déplacement et le séjour étant entièrement offerts par Monsieur Eiffel, en reconnaissance à leur générosité et leur dévouement.

Archibald, touché au plus profond de son être serrait la main de Monsieur Eiffel en lui exprimant toute sa gratitude pour cet acte d'une très grande générosité, d'une très grande humanité.

Aussitôt Archibald adressait une lettre à Marin et à Margot pour leur dire de s'organiser pour venir recevoir cet honneur exceptionnel offert par Gustave Eiffel, et faire connaissance avec Paris et cette célèbre tour qui dorénavant s'appelait « Tour Eiffel ».

Le voyage en train à Paris était pour les ex-saltimbanques un moment extraordinaire qu'ils vivaient avec Marin, qui pour la circonstance était leur guide.

A leur arrivée ils étaient fascinés comme l'avait été leur filleul, et dans l'autobus la petite équipe se dirigeait vers l'hôtel habituel de Marin près du lycée où ils retrouvaient Archibald qu'ils embrassaient de tout cœur en lui disant l'impensable bonheur qu'il leur procurait .

Au jour de l'inauguration Gustave Eiffel, entouré de la totalité de son personnel, dont Archibald, accueillait avec des mots de bienvenues ses invités parmi lesquels était la famille de l'enfant du voyage et son maître Marin qu'Archibald présentait personnellement.
Marin remerciait au nom du groupe son hôte pour l'honneur qu'il leur faisait avec tant de générosité. Ils avaient droit à quelques mots de ce grand personnage qui leur disait sa satisfaction de l'étudiant stagiaire et de toute l'aide qu'il voulait lui apporter pour le conduire vers une importante réussite professionnelle.
Margot ne pouvait retenir ses larmes de bonheur avant de se retrouver entourée avec les siens dans cette foule de hautes personnalités où l'on trouvait Ministres, Députés, Ingénieurs, Industriels, Directeurs, Artistes etc.. qu'ils n'auraient jamais imaginés rencontrer un jour de leur vie.

Arrivait le moment des discours où Gustave Eiffel leur apprenait dans la partie technique que cette construction avait nécessité les prouesses et quantités de matériaux suivants:
Conception de 125 mètres de côté, 50 ingénieurs et dessinateurs, entre 150 et 300 ouvriers sur le

chantier, 5.300 dessins d'atelier, 18.038 pièces métalliques, 5 ascenseurs, 2.500.000 rivets, 7.300 tonnes de fer, 60 tonnes de peinture, et une réalisation de la construction en 2 ans 2mois et 5 jours de travail.

Gustave Eiffel saluait le travail, l'engouement, de ses ingénieurs, de ses dessinateurs et de tous les ouvriers qu'elle qu'ils soient, pour le courage qu'ils avaient su faire preuve en toutes circonstances pour présenter aujourd'hui, à la France, et à la face du Monde, leurs capacités à réussir des travaux hors normes au service de l'humanité.

Un tonnerre d'applaudissements détonnait sur le Champ de Mars devant cette tour que le monde entier appelait TOUR EIFFEL.

De nombreuse personnalités se succédaient à la tribune pour de nombreux discours, faisant de cette journée, pour les anciens gens du voyage, comme pour Marin, le jour qui restera gravé à tout jamais au plus profond de leur mémoire.

Au lendemain de cette réception, Archibald proposait à ses visiteurs de les conduire par l'autobus à travers Paris avec l'aide de Marin, passant ainsi en revue après la Tour Eiffel, les plus beaux monuments de la Capitale et une visite à Montmartre où Ursule attendait discrètement les invités de son ami dans l'atelier de l'artiste peintre Edgar Degas.

La surprise était totale et Marin n'avait peut-être jamais connu une joie aussi profonde que celle d'être reçu par le Maître en personne. Margot et ses frères n'avaient plus les pieds sur terre, ils ne savaient plus d'où ils en étaient, leur joie était sans limite, ils vivaient un temps irréel.

A la fin de la visite où étaient pêle-mêle dans l'atelier sculptures et peintures, Monsieur Degas offrait à Margot, une toile signée de sa main, représentant le Sacré-Choeur à Montmartre.

Avec sa grande sensibilité Margot pleurait une nouvelle fois d'un bonheur inégalé qui mettait fin à ce merveilleux voyage à Paris.

A l'heure du dîner Marin demandait à Archibald à quel endroit ils pourraient se rendre. Sans hésitation Archibald conduisait son petit groupe, avec Ursule, au café-concert où il se produisait régulièrement.

Le « patron » avait plaisir à offrir les repas à ses invités, mais il l'invitait à leur offrir pour la circonstance, un mini récital qui concluait cet extraordinaire séjour.

En retour vers leur Pays d'Auvergne, les invités ne cessaient de refaire ces journées remplies de joies et d'émotions. Margot, les yeux fermés à demi endormie semblait rêver, nager dans un océan de bonheur. Lulu l'amateur d'images fortes revoyait cette extraordinaire Tour Eiffel, le Sacré-Choeur, les tableaux de d'Edgard Degas, et tant d'autres vues indescriptibles. Bébert le réfractaire demeurait heureux, mais songeur. S'adressant à Marin, serein et réjoui, il lui disait tous ses regrets pour le comportement qu'il avait eu à une époque, car sans la volonté et le désir de vouloir s'instruire, Archibald n'aurait jamais eu la chance de leur offrir le privilège que tous venaient de vivre. Il n'aurait jamais eu l'instruction qu'il possède aujourd'hui et que eux aussi possède un peu maintenant grâce à Archibald et surtout grâce à vous Marin qui avez été celui à qui chacun de nous doit tous les remerciements et toute la reconnaissance. Marin disait aussitôt, « Stop Bébert, ne gâchez pas ce temps que nous venons de vivre, vous êtes tous aussi à la base du bonheur d'Archibald car sans votre bienveillance familiale, cet enfant aurait été abandonné en institution, ou mendiant sans famille sur les routes, alors s'il vous plaît arrêtez de vous sentir coupable et soyons heureux tous ensemble ».

« Merci de vote réconfort et de l'homme que vous êtes Marin ».

Dans leur milieu parisien les étudiants reprenaient le rythme habituel de leurs activités qui les conduira jusqu'à la fin de cette seconde année, où se présentait déjà la proposition de la troisième et dernière année d'enseignement afin d'obtenir le diplôme tant convoité du lycée.

Les garçons ne voyaient plus le temps passer entre les cours et les formations qui les voyaient progresser l'un et l'autre au même rythme, jusqu'à ce qu'Archibald dise à son camarade, « est-ce que tu penses mon ami que l'on est déjà arrivé au 6 Mai 1889, jour de l'ouverture de l'Exposition Universelle qui se terminera le 30 Octobre prochain? ».

« Eh bien non » lui répondait Ursule, il va nous falloir s'organiser pour s'y rendre rapidement et découvrir plus longuement la Tour de Gustave Eiffel ainsi que découvrir les nouvelles inventions et technologies des autres pays du monde.
Tu as raison, mais avant cela nous devons réserver la date du 15 Mai, jour de l'inauguration officielle de l'exposition avec un énorme spectacle qui se déroulera au pied de la Tour par le célèbre Buffalo Bill, alias Colonel William Frédérick CODY, Il est le plus grand chasseur de bisons du far-west et il animera le spectacle avec sa troupe d'indiens venus des Amériques ; On ne peut pas manquer une chose pareille !
Ce spectacle, ce show comme il se disait, était le premier grand spectacle « à l'américaine » en France, et il était extraordinaire.

Tous deux voyaient, de leur yeux, de véritables Indiens avec leurs plumes au vent et leurs costumes traditionnels, un évènement qu'ils ne reverront jamais, mais qui sera vu par plus de trois millions de spectateurs.

Et lui l'enfant du voyage qui errait sur les routes d'Auvergne, comment pouvait-il être ici à regarder, là, devant lui, des gens venus d'Amérique et de véritables Indiens qu'il ne pouvait connaître il y a seulement quelques années encore ?

Tout cela était inouï, démesuré ! Quel bonheur !

La semaine suivante ils s'en allaient au Champ de Mars, s'attardaient sur le monstre de fer avant de se diriger vers les autres pavillons, faisant d'abord honneur aux expositions européennes.

Leur attention se portait sur les multiples stands selon l'intérêt qu'ils portaient aux découvertes.

Archibald était attentif à tout ce qui permettait l'évolution de la productivité, de la mécanisation, de l'industrialisation pour affiner une gestion plus rigoureuse, son collègue Ursule s'attachant aux nouvelles matières et techniques des arts de la sculpture et de la peinture, quand en traversant inopinément un pavillon ils faisaient une découverte qui, sans le savoir, allait révolutionner le 20eme siècle.

Ils voyaient là, sous leurs yeux, la première voiture automobile à quatre roues fonctionnant avec un moteur à essence à deux cylindres en V, avec une transmission mécanique à quatre vitesses. Après la Tour Eiffel, ce sujet restera le plus marquant de leur visite, sans oublier pour autant d'autres grandes innovations comme, la tondeuse à gazon, la machine à laver de Moore, la machine à coudre de Singer, et même la poupée parlante.

Une visite épuisante certes, mais que d'enrichissement culturel, que de satisfactions pour cette inoubliable journée qui donnait le sentiment d'avoir traversé le monde entier.

Le programme du lycée se terminait, le temps des vacances était arrivé quant Ursule proposait à Archibald, à la demande de son papa Batistin, de passer une semaine en Normandie où cette fois il lui ferait découvrir la mer,l'élevage des huîtres, des moules, etc.

Archibald acceptait l'invitation et proposait sans attendre à son ami de venir passer Noël dans son Pays d'Auvergne avec ses pics enneigés.

Ainsi se terminait sur ces échanges amicaux la seconde année de lycée aussi remplie d'émotions que de satisfactions.

Dès son retour de Normandie, Archibald constatait une importante activité de constructions d'hôtels, de restaurants, d'un grand complexe près de la source que l'on appelait l'eau de Vic, cette eau naturellement gazeuse, ferrugineuse, bicarbonatée qui était vendue par milliers de bouteilles.

Face à cette surprise il demandait au Maire pourquoi tous ces travaux au centre de la commune, et Gustave lui répondait que c'était un grand établissement de bains qui se construisait près de la source reconnue pour ses nombreuses qualités thermales, et que des hôtels devaient être construits également pour accueillir les curistes et les touristes.

Archibald très sensible à l'écoute de ces informations avec son option de gestionnaire, pensait aussitôt à beaucoup de choses qu'il proposait à ses cousins le soir même en les informant de tout cela.

Il leur disait en particulier qu'il faudrait des restaurants pour toute cette clientèle passagère qui représentait une manne importante à exploiter et la possibilité pour eux d'en profiter en leur disant ; « Margot est une excellente cuisinière, toi Bébert tu as de la place perdue dans tes locaux, alors tu pourrais aménager une belle salle de restaurant qui rejoindrait la boutique de vannerie et vous pourriez vous aussi avoir un super établissement.

Margot et Lulu se disaient rapidement favorables à cette idée quand Bébert disait, « c'est pas bête du tout ton idée Archibald, nous allons y réfléchir », mais Margot ne pourra pas tout faire.

« Non Bébert, elle ne pourra pas, mais vous embaucherez quelques femmes et vous ferez ainsi travailler des gens de la commune qui en ont bien besoin».

« Oui bien sûr répondait Lulu, on voit combien tout ce que tu apprends à Paris, c'est vraiment bien, ça fait plaisir ».

Bébert demandait discrètement à Tatave ce qu'il en pensait et sans hésitation il l'encourageait à réaliser ces travaux, son commerce étant le mieux situé à côté de la future station thermale.

Archibald profitait maintenant de ses vacances, partageant son temps avec Marin pour quelques révisions, Jason, avec qui il prêtait la main, sa famille, et « Les Joyeux Saltimbanques ».

- DERNIER RETOUR -

C'était à la mi-septembre lorsque la locomotive sifflait à son départ le retour du petit Archibald à Paris pour retrouver son lycée en troisième et dernière année.

A l'arrivée il retrouvait son compère Ursule et tous deux sans plus attendre reprenaient le cours normal de leurs activités, sauf qu'un changement était annoncé par les professeurs qui les invitaient pour la dernière année à effectuer par alternance, une semaine de formation professionnelle et deux semaines de cours au lycée.

A l'annonce de ces dispositions Monsieur Eiffel était très satisfait et proposait à Archibald de prendre pension chez le « bougnat », le petit bistrot, hôtel-restaurant qui était à côté, aux frais de l'entreprise, ce qu'il acceptait volontiers pour des raisons pratiques.

Ursule se réjouissait aussi de la situation qui allait lui permettre de se consacrer de façon soutenue à sa formation de sculpteur tout en se montrant intéressé par la peinture avec un tel artiste comme maître.

Les semaines et les mois se déroulaient dans la plus parfaite harmonie à la grande satisfaction des Maîtres et des élèves.

L'hiver arrivait avec le retour à Vic, ainsi que l'invité Ursule admiratif devant les sommets enneigés et le village recouvert de son épais manteau blanc.

Venait la traditionnelle veillée de Noël puis un joyeux réveillon que la marraine Margot avait eu l'immense plaisir à préparer pour ses invités avec une magistrale démonstration de ses talents culinaires.

Le Maire et ami Tatave félicitait Margot, l'encourageant vivement à ouvrir ce restaurant que le village avait bien besoin et encore plus lorsque l'établissement de bains sera ouvert au début 1891. Le Père Célestin se délectait aussi de ce repas tout comme Marin, ainsi que Jason qui était prêt à fournir de ses bons produits locaux au restaurant.

Bébert savourait en silence les mets et au milieu du repas disait : « C'est bon mes amis, je commence les travaux d'aménagement pour créer le restaurant dans quinze jours si tout le monde est d'accord ».

Dans les applaudissements on entendait « Oui Bébert on est d'accord, vas-y, on est avec toi ».

Archibald était ému et comblé de joie en leur disant, « soyez tranquille je serai la pour vous aider à bien gérer », puis avec son grand coeur allait embrasser Margot et ses cousins en félicitant vivement Bébert.

Les festivités passées c'était le retour à Paris pour obtenir le diplôme de fin de cycle du prestigieux lycée, dont les deux garçons étaient brillamment reçus à l'examen final.

Pour la remise de son diplôme, Archibald avait l'honneur d'inviter Marin et Gustave Eiffel pour célébrer cet évènement qui était aussi le leur dans l'esprit d'Archibald pour leur grande générosité, leur disponibilité et la pédagogie qu'ils avaient fait preuve à son égard.
Les hommes avaient été très sensibles à cette invitation, mais peu surpris par ce témoignage de reconnaissance de la part de cet étudiant, de ce garçon généreux, de cet enfant aussi sensible.

Le temps parisien était arrivé à son terme.
Le retour en Auvergne s'imposait pour des emplois qu'il envisageait, mais Monsieur Eiffel demandait à Archibald de rester quelques mois de plus dans l'Entreprise car la Tour présentée à l'Exposition Universelle avait eu un tel succès qu'elle avait apporté beaucoup de demandes d'études de travaux venant de pays étrangers.
Archibald ne pouvait refuser après tous les avantages et les efforts que Monsieur Eiffel lui

avait accordés et il acceptait avec un gros salaire l'emploi proposé jusqu'à la fin de l'année 1890.

Arrivait alors son retour définitif au « Pays des Monts d'Auvergne » dans la joie et la reconnaissance à ceux qui lui avaient tant donné, et sans qui il serait toujours un petit saltimbanque, un enfant du voyage.

- VIVA ARCHIBALD -

Comme prévu, le 20 Décembre 1890 Archibald rentrait au pays, c'était un samedi.
Le voyage était habituellement long, mais aujourd'hui il semblait interminable tellement son impatience d'arriver était grande.
Il était soucieux de retrouver sa famille, ses amis, son d'Auvergne pour mettre tout le savoir qu'il avait acquis au service de qui en aurait besoin.

Le train sifflait son arrivée en gare. Sa valise en main Archibald se préparait à descendre lorsqu'il entendait l'accordéon de Bébel, le violon de Tatave et Les Joyeux Saltimbanques qui chantaient en liesse sur le quai de la gare des « Viva Archibald ». Il y avait là, Marin, Margot, Lulu, Bébert, Jason, le Père Célestin qui prenait même dans ses bras son « enfant de la chorale » faisant sur son front un signe, comme une bénédiction pour son retour à Vic.
L'enfant du voyage de nouveau très ému remerciait tout ce monde avec des bises, des embrassades à n'en plus finir jusqu'à ce que Marin invite tout le groupe à prendre un verre de l'amitié dans sa résidence pour honorer celui qui fut son élève, celui qui avait réussi un parcours exceptionnel par son courage, sa volonté, son

exemplarité, et que ce petit garçon était sa grande fierté.

Au domicile de Marin Archibald exprimait son respect, sa gratitude, l'immense générosité de Marin, sans qui rien n'aurait été possible, il saluait avec beaucoup d'affection l'investissement de Monsieur Eiffel à son égard et que c'était la conjugaison des efforts de ces personnages qui l'avait conduit là où il se trouvait aujourd'hui et que ce devait être eux les récipiendaires de ces honneurs.

L'entourage mesurait dans ses propos l'étendue de son savoir et comprenait que cet enfant était maintenant un véritable personnage.

A la fin de cette réception, Bébert invitait pour le lendemain, après la messe, tous les invités présents à venir déjeuner et inaugurer en avant-première la future salle du restaurant à l'ouverture très proche.

Applaudissements et rendez-vous pris à la surprise totale de Archibald qui n'avait pas été informé.

A 12h30 il n'y avait ni retard ni absence.

Bébert conduisait fièrement ses convives dans une salle qui pouvait proposer plus de cinquante couverts. Le décor pensé par Margot se voulait moderne, élégant mais sobre car selon les dires de

Tatave, l'Etablissement des bains attirerait une clientèle particulièrement aisée.

Les invités étaient conquis par le lieu, Monsieur le Maire Gustave félicitait le « patron » pour toutes ces transformations en souhaitant réputation, prospérité et longue vie à cette maison.
Archibald touché par la réalisation de son idée félicitait vivement son cousin Bébert, lui faisant toutefois remarquer qu'il avait vu une petite estrade au fond de la salle, comme il y en avait une au café-concert à Paris.
Il lui répondait « bien vu jeune homme ».

Bébert invitait ensuite ses invités à lever un verre au succès de ce restaurant avant de prendre place autour des tables et honorer le repas que Margot avait préparé avec l'aide de Juliette, l'épouse de Joseph, le sacristain.
Sur les tables le menu faisait saliver mais beaucoup de convives ne sachant pas lire, la surprise était totale quand Lulu, Bébert et Jason présentaient les plats cités sur la carte dont on pouvait lire les mots suivants :

MENU du DIMANCHE 21 DÉCEMBRE 1890
Truite sauvage de la Cère aux amandes,
Langue de bœuf du limousin sauce piquante
Trou Auvergnat,

**Gigot d'agneau du Cantal, flageolets verts,
Salade verte,
Fromages des burons de Vic,
Fougnarde aux pommes du limousin,
Café – Armagnac.**

Au cours du repas, Gustave glissait discrètement à Archibald que le Directeur de l'Etablissement des bains cherchait un comptable pour la gestion de l'entreprise. Il lui avait fait état de ses études à son lycée parisien et de ses stages de formation chez Gustave Eiffel, alors son profil l'intéressait vivement et il était invité à se présenter dès demain lundi. Le garçon remerciait le Maire de cette proposition l'assurant qu'il se présenterait sans faute au matin.

Pendant ce temps chacun savourait les plats de qualité exceptionnelle, et Bébert, sa bouteille d'eau-de-vie de Gentiane à la main annonçait « Trou Auvergnat ». Aussitôt l'accordéoneux et le violoneux lançaient la musique et tout le monde chantait, tapait des mains sur les tables, c'était la Fête et l'Honneur à Bébert.

A la fin de la musique, Tatave disait « il va falloir donner un nom à ce restaurant ».

Les idées étaient nombreuses mais Archibald se levait et disait « Moi je propose que ce restaurant s'appelle « Les Trois Saltimbanques » et les intéressés criaient « bravo Archibald » ce sera,

Les Trois Saltimbanques. Ainsi était née cette enseigne qui ouvrait ses portes au public quelques semaines plus tard.

Vers 10h ce lundi matin, le jeune récipiendaire du lycée parisien se présentait devant Monsieur le Directeur de « Etablissement des Bains de Vic-sur-Cère ».

Après les salutations d'usage, le candidat à l'emploi de gestionnaire faisait état de son cursus, de ses études, de ses formations, depuis ses premiers enseignements avec Marin jusqu'à son diplôme dans ce lycée parisien en passant par les stages pratiques à l'Entreprise Eiffel.

Le Directeur lui présentait ses compliments pour avoir fréquenté cet établissement qu'il connaissait pour y avoir personnellement étudié, il y avait quelques années déjà ! mais qu'il avait dès lors toute sa confiance sachant la qualité de ses formations, avec de plus ses stages et son emploi dans une entreprise de renommée mondiale.

Son profil correspondait parfaitement à sa recherche malgré son jeune âge, Archibald avait seulement quatorze ans, et que son recrutement prenait effet à compter du Lundi 5 Janvier 1891.

Il lui disait que la station ouvrirait en Mars et que les demandes étaient déjà nombreuses, en particulier par des personnalités très importantes qu'il ne voulait pas dévoiler à ce jour.

Le Directeur proposait le salaire de début de carrière à son nouvel employé qui le satisfaisait pleinement car déjà bien supérieur à ce qu'il pouvait envisager.

Archibald acceptait avec enthousiasme les propositions remuant dans sa tête ce revenu entendu en comparaison avec les pénibles recettes d'une journée de saltimbanque.

A la fin de l'entretien les deux hommes se séparaient d'une même satisfaction.

Dès son départ Archibald se rendait en l'église Saint-Pierre et confiait avec beaucoup d'émotion à la « Vierge Blanche » toutes ses joies, ses souffrances parfois, mais à la fin tous ses bonheurs d'avoir acquis ces enseignements, toutes ces connaissances que ses parents souhaitaient si fortement et qu'aujourd'hui il était fier d'avoir acquis en leur mémoire.

Les soirées de Noël et de la Saint-Sylvestre étaient des fêtes comme aucunes autres où joie et bonheur étaient les maîtres-mots.

De leur côté les cousins Margot, Bébert et Lulu vivaient les mêmes satisfactions par l'importance du développement de leurs commerces.

Le lundi 5 janvier était arrivé. Archibald se rendait au travail avec le sentiment de revivre le parcours où il se rendait chez Marin pour son premier jour d'enseignement scolaire. Que de chemin parcouru depuis ce jour là se disait-il, mais que de satisfactions d'aller prendre un travail avec autant de responsabilités que de confiance.

A l'embauche son Directeur lui confiait les premiers dossiers à étudier, le budget de l'Etablissement avec ses postes dont il aurait la charge de faire respecter près des différents services, qu'il aurait aussi à veiller aux recrutements strictement nécessaires afin de respecter un budget équilibré.

D'entrée la responsabilité était importante. Archibald comprenait qu'il était soumis sans plus attendre à un test implacable, mais il était réjouis et confiant.
Quelques employés tentaient de s'imposer au vu de son très jeune âge et de sa petite taille, il mesurait un mètre quarante trois, mais c'était pour eux mal connaître la rigueur intransigeante du jeune homme et l'expérience qu'il avait acquise par sa formation et son emploi au sein de l'Entreprise Eiffel.
A la fin du mois, recevant son premier salaire dans une enveloppe remise de la main de son

Directeur, celui-ci lui disait ses appréciations pour son extrême rigueur et son autorité face à ceux qui tentaient de le déstabiliser. De ce fait son embauche définitive était confirmée.

Riche de son premier salaire Archibald allait offrir un joli bouquet de fleurs à Margot, tandis que c'est une cravate en soie comme Marin les adorait qu'il offrait à son Maître en témoignage de reconnaissance.

Tous deux étaient extrêmement touchés de cette attention.

Le soir il retrouvait sa chambre chez son philanthrope protecteur qui se félicitait de la confirmation de son embauche, toujours plus convaincu qu'il se dirigeait vers un brillant destin.

Bientôt le Centre recevait ses premiers curistes parmi lesquels il avait l'honneur d'accueillir les Princes de Monaco qui avaient leur résidence à Vic-en-Carladès depuis 1645, le Comté de Carladès ayant été concédé à cette date par le Roi Louis XIII à Honoré II Grimaldi.

La commune connaissait rapidement une importante animation par la présence des curistes et des touristes. Beaucoup résidaient dans le très bel hôtel de construction moderne près de la gare, le chemin de fer permettant l'acheminement de cette population particulièrement bien dotée. Elle contribuait fortement à la prospérité du commerce local ce qui faisait dire aux Cantaliens, ou selon, les Cantalous, que la Vallée de la Cère était devenue la « Suisse Auvergnate ».

C'est à ce moment que Bébert ouvrait le restaurant,
« Les Trois Saltimbanques ».
Le restaurant bénéficiait en un temps record d'un énorme succès car les Saltimbanques, retrouvant leur naturel, n'étaient jamais à court d'idées pour distraire, faire rire ou sourire la clientèle amusée de leurs courtes animations.
Margot et Bébert avaient même dû recruter plusieurs employées car il fallait assurer cinquante à soixante couverts par service, midi et soir.

Monsieur le Maire, était naturellement très satisfait de cette évolution, comme de savoir que la réputation de l'Etablissement des Bains s'étendait déjà jusqu'aux pays étrangers, recevant rapidement des Hôtes prestigieux dont la Reine de Madagascar Ramavalona III, où la Reine Nathalie de Serbie, même si son passage ne fut que de très courte durée.

Les mois, les années passaient. Le fil de la vie continuait de se dérouler dans le village avec ses aléas de joies, de peines, de bonheurs et de malheurs.

Archibald appréciait énormément son travail, se perfectionnant sans cesse pour améliorer chaque année les résultats de son entreprise, Margot dans son « Panier Auvergnat » adorait son commerce, Bébert débordait d'activités dans son entreprise de bois, charbon avec en plus le restaurant, Lulu multipliait ses créations de pièces de vannerie, ses employés fabriquaient toujours plus d'objets usuels, le restaurant créant le summum d'activités et de satisfactions.

Pendant ce temps les visiteurs au gré de sorties en calèches faisaient une connaissance approfondie des Monts d'Auvergne, les jeunes gens vivaient leurs premiers amours du côté du « Pas de Cère », les amateurs de nature empruntaient le long chemin près de la rivière au pied des falaises d'où ils respiraient cet air aux mille senteurs des fleurs et des herbes des prés qui tapissaient leur parcours.

Puis un jour, après des années de travail acharné et avoir présenté de nouveaux et excellents résultats, Archibald était reçu par le Directeur qui lui déclarait qu'il était désormais promu à la fonction de Directeur-Adjoint et responsable des Services Administratifs et Financiers.

L'enfant du voyage était au comble du bonheur, sa promotion s'était vite répandue dans le cercle amical comme dans le village tout entier car ce jeune homme était très apprécié par son attention, sa bienveillance, sa gentillesse, son altruisme.

Archibald continuait ainsi sa route. Il entretenait toujours des relations par trois ou quatre courriers annuels avec son ami Ursule qui pour sa part commençait à s'illustrer sérieusement en gravures et en sculptures, exposant même dans quelques galeries de renoms en Normandie.

L'année 1900 était proche, Archibald avait de plus en plus de confiance en lui, de connaissances, de responsabilités, et réfléchissait toujours à son avenir. Il s'empressait de l'avis de Marin, de son Directeur, de Monsieur le Maire, du Père Célestin, et aussi de sa famille, parce que Archibald avait décidé de se présenter à l'élection législative de 1902.

De toutes parts il recevait les félicitations et les soutiens pour cette courageuse aventure dans une période où des tensions étaient assez vives à la Chambre des Députés avec les « pours » et les « antis » Dreyfusiens.

N'écoutant que sa volonté, l'enfant du voyage menait activement une campagne électorale à l'issue de laquelle il était élu député du Cantal.

La satisfaction de ses soutiens était grande évidemment et à Marin, Archibald exprimait toute sa gratitude car cette éminente fonction de Parlementaire c'est à lui qu'il la devait par la foi que sans cesse il lui avait témoignée.

Marin le félicitait, disait sa fierté et son honneur d'avoir fait de lui, pauvre enfant du voyage, un Député de la République.

Marin mettait à sa disposition à partir de ce jour, non plus la chambre qu'il occupait, mais tout l'appartement de l'étage de sa résidence pour installer un bureau digne de sa fonction et de son rang.

Monsieur le Maire honorait dans une grande réception son nouveau Député, lui rappelant la tâche qu'il aurait à accomplir et toute son amitié par les liens qui les unissaient.

Avec son énergie et sa volonté, Archibald assumait ses fonctions électives et professionnelles quand deux ans plus tard Tatave, devenant fatigué dans son rôle de Maire après avoir accompli plusieurs mandats, demandait naturellement à Archibald d'être candidat aux élections municipales de 1904, avec pour but de devenir le nouveau Maire.

Le moment venu, Archibald, désormais enfant du pays, acceptait la proposition de son ami Tatave comme il le souhaitait.

Quelques semaines plus tard, après sa confortable élection au Conseil Municipal et à l'unanimité, Archibald était élu Maire de la commune.

Ne pouvant faire face à toutes ses obligations, mais en reconnaissance à l'accueil que le village lui avait toujours réservé ainsi qu'à sa famille, et vu l'attachement exceptionnel qu'il portait à Vic, il décidait de quitter la Chambre des Députés, laissant le siège à son suppléant, pour se consacrer exclusivement à ses concitoyens, à son mandat de Maire, et à sa fonction au sein de la station.

La joie et le bonheur de Marin étaient immenses.

Lui qui avait toujours fait confiance à ce fils de saltimbanques, à cet enfant du voyage qui comme ses parents et ses cousins ne savait ni lire, ni écrire, ni compter, celui à qui il avait donné l'instruction, l'éducation de vie, cet enfant qu'il considérait chaque jour comme le petit-fils qu'il n'avait jamais eu, était son honneur, sa fierté, son sens de la vie et de la générosité pour laquelle il n'attendait rien en retour.

Aujourd'hui par sa grandeur d'esprit et sa solidarité avec les citoyens de sa commune, cet enfant là se mettait à la disposition de chacune et de chacun pour un plus grand bien-être quotidien dans la vie comme dans le travail.

Cette attitude touchait énormément Marin qui y voyait un comportement digne de l'éducation qu'il lui avait donnée.

Dans une totale sérénité d'esprit, Marin s'endormait ce soir là dans un profond sommeil qui sera hélas éternel, car c'est dans ce sentiment de paix intérieure que ce philanthrope s'éteignait discrètement.

Nous étions en décembre, époque maudite pour l'enfant du voyage qui dans une pâle lueur ouvrait timidement ses yeux.

Il regardait autour de lui mais voyait comme chaque matin, les lambris de sa roulotte et son plancher de bois .

Il se frottait les yeux, il n'y avait pas d'erreur, il comprenait alors qu'un rêve merveilleux avait traversé sa nuit, lui faisant connaître une vie sans souci, remplie d'un bonheur irréel, et que ce bonheur étoilé de la nuit allait être un noir cauchemar tout le jour.

L'heure était venue maintenant, il lui fallait partir pour accompagner sa maman Yoyo et sa marraine Margot sur le marché afin de vendre quelques paniers et napperons qui seront les ressources du jour.

De cette place où il avait très froid, Archibald prostré dans un coin, un peu à l'abri du vent, regardait avec tristesse et angoisse, mais aussi avec interrogations, cette belle et grande demeure qui restera le rêve d'une nuit, le rêve d'un fils de saltimbanques, le rêve d'un enfant du voyage.

Ce roman est l'histoire imaginaire d'un enfant du voyage au travers de merveilleuses aventures dans des paysages d'Auvergne et de Provence.
Toute relation avec des personnages existants ou ayant existé ne seraient que fortuite et d'une regrettable coïncidence indépendante de la volonté de l'auteur.

© 2024 RAYMOND GUEGAN
Édition : BoD • Books on Demand GmbH,
In de Tarpen 42, 22848 Norderstedt
(Allemagne)
Impression : Libri Plureos GmbH,
Friedensallee 273, 22763 Hamburg
(Allemagne)
ISBN : 978-2-3225-5714-1
Dépôt légal : Août 2024